内田弘樹
ななお
illustration
精靈奴隸救國戰爭
王子想守護公主騎士

目錄

序章
王子與精靈公主騎士

「快追！別讓他們逃了！只差一點而已！」

「別讓他們繼續往前進！」

在這條被夜幕籠罩的林間小路上，後頭不斷傳來馬蹄聲和男子們的吆喝。

（好、好可怕……！）

對「王國」第五王子泰德．高地來說，這些都只是恐懼的代名詞。

泰德目前騎在馬上，拚了命地躲避追兵。

雖說是『騎在馬上』，但其實是他的護衛在負責駕馭馬匹，泰德就只是拚死抱著對方的腰間……模樣著實窩囊透頂。

「不愧是『帝國』的騎兵，即使在這片黑暗之中也能緊追不放……！」

泰德的護衛索菲．心魂特緊握韁繩，憤恨地低語著。

索菲擁有一張柔美的容貌，在「王國」裡是負責照顧和保護王子們的專屬女僕。儘管目前穿著一件皮革長袍，但底下有一套繡著「王國」王室家徽的女僕裝。相較於年齡跟外表都還是「少年」的泰德，索菲的身形比他高了足足幾十公分。

「泰德王子，您還堅持得住嗎!?我得繼續加快速度！」

索菲甩動轡繩，催促坐騎以更快的速度向前奔跑。生還下來的十多名隨從緊跟在後。可是追兵也同樣加快腳步，不允許泰德等人從眼皮底下溜走。

泰德感到既害怕又焦躁。

（為什麼會變成這樣……!?）

……一切的原因，得追溯到「王國」和「帝國」於半年前開戰。

「王國」位於大陸的西部半島。雖然領土不大，長年以來卻在高地王室的統治之下過得和平安逸。即便種族以人族為主，可是對精靈、矮人等外族皆十分寬容，並透過與他國的貿易發展得欣欣向榮。

反觀「帝國」是統治大陸七成土地的大國，不過大部分的領地都是荒野和凍土，相當缺乏資源。另外他們雖與「王國」同樣是由人族創立的國家，對外族卻是極不友善，至今殲滅過好幾個外族國家，並侵占對方的領土。

自從「帝國」將領土擴張至與「王國」的國境相鄰之後，沒多久便爆發外交危機，「帝國」最終竟以近乎偷襲的方式開戰。

戰況對「王國」十分不利。雖說「帝國」長年征戰導致國力疲乏，軍隊卻是兵強馬壯，迫使「王國」只能趨於防守。

（所以我才被派來艾爾菲納（這裡）……！）

泰德因後方敵兵的吆喝聲而不停發抖，但還是想起自己的使命。

艾爾菲納是精靈之國，原本位於大陸南側的森林區域。不過自從被「帝國」占領之後，精靈們都被迫成為「帝國」的奴隸。不光是艾爾菲納，就連位於鄰近的半獸人之國・歐克蘭德也已經毀滅。由於半獸人是比精靈更擅長戰鬥的種族，因此「帝國」對他們執行比艾爾菲納更嚴厲的肅清政策，除了順利逃往艾爾菲納的少數半獸人以外，其他都已被屠殺殆盡。

泰德之所以會被派往艾爾菲納，原因是「王國」想和仍在反抗「帝國」的精靈勢力接觸並提供援助，藉此盡可能削減「帝國」的軍事能力。

根據精靈提供的情報，在艾爾菲納故土持續對抗「帝國」的精靈人數多達上千，若能獲得「王國」的支援，必可成為一支強大的戰力。

因此這是一個只能率領少數護衛深入敵陣，與精靈勢力接觸的危險任務。按理來說實在不該交給王族，而且還是其中最年輕的王子來執行。

不過泰德的父親與兄長們都忙於指揮前線，外加上艾爾菲納的精靈是相當重視榮耀的種族，倘若由王室以外的人擔任使者，難保會對談判造成影響。

對於自己被指派的任務，泰德是抱著使命必達的決心。

他所尊敬的父王跟皇兄們，為了對抗殘虐無道的「帝國」英勇地領軍作戰，所以就算自己年紀再小，也不能躲在安全的地方只求自保。

（而且，我也有一位無論如何都想見到的女性……！）

「嗚啊啊啊啊啊！泰德王子，接下來就拜託您了……！」

其中一名護衛頸部中箭，口吐鮮血被迫脫隊。

泰德就只能咬緊牙根，眼睜睜看著這幕光景。原因是去拯救護衛的話，自己也會陷入險境。

就在這時……！

「眾人，放箭──────！」

隨著這股女性的嬌斥聲，樹上灑下無數箭矢，追兵接連中箭，現場哀號連連。

「唔……！是精靈嗎!?大家先重整態勢……」

看似負責率領追兵的男子急忙勒馬，準備對同伴們下達指令。

「喝啊啊啊啊！」

又傳來一聲怒吼……這次從樹上跳下一道人影，手裡握著一把中等長度的劍。伴隨一股肉被切開的聲音，敵方隊長的頸部出現一道口子，並且從中噴出鮮血。目睹隊長落馬後，部下們戰意盡失，如鳥獸散般逃之夭夭。

泰德從停下的坐騎上看清楚來者。

那是一位擁有美麗的銀色長髮，頭頂兩側綁有辮子的少女。她比泰德高了一個頭，有著一張如人偶般絕美的瓜子臉，渾身上下沒有一絲贅肉，身材姣好且擁有一雙修長的美腿，姿色出眾得彷彿天仙下凡。配上那雙彷彿烈焰般的紅色鳳眼，讓人能感受到她堅定的意志。

少女身上的衣服以黃金色為底，搭配紅色和白色呈現出瀟灑的設計感，大開的領口可以一窺她那傲人的雙峰。加上穠纖合度的小蠻腰，以及與胸部差不多大的翹臀，模樣當真是極為性感。但少女的脖子上莫名多了一條項圈，泰德不知道該物究竟代表著什麼意思。

至於少女身上最醒目的特徵，莫過於那雙尖尖的長耳朵。

換言之，此人真正的身分是……

「伊莉絲！幸好妳平安無事……！」

泰德立刻跳下馬來，快步跑向該名精靈少女。

本來氣勢如利刃般犀利無比的她，在確認此聲音的主人是泰德之後，全身立刻放鬆下來，臉上還掛著一張拿泰德沒轍的苦笑。

「你這孩子在說什麼傻話呀……這種話輪不到一個直到剛才都被敵兵追趕的人來說喔。而且很早之前，我就已命人跟你報平安了吧。」

「但我還是很擔心呀，如果伊莉絲妳有個三長兩短……」

「你的好意我心領了。索菲，幸好妳也平安無事，剛剛還真是驚險。」

「謝謝伊莉絲大人出手相救，我代替泰德王子向您道謝。」

索菲朝伊莉絲稍稍鞠躬致意。

在三人交談的期間，泰德的護衛們已走了過來，埋伏於樹上的精靈們也紛紛跳下來。只見那些精靈和伊莉絲一樣都是年輕貌美的少女。

在這片和樂融融的氣氛中，泰德露出既懷念又憧憬的眼神，望向面前這位精靈少女。

少女名叫伊莉絲・柯涅堡・艾爾菲納。

她是艾爾菲納王室唯一的生還者，也是於艾爾菲納故土統帥反抗軍的領袖，並擔任過泰德的劍術老師。

在「王國」與艾爾菲納尚未受到「帝國」威脅當時，兩國經常有貿易上的往

來，因此建立起十分良好的關係。為了加深邦交，雙方還會派遣王族至對方的國家交流。

基於這個習俗，伊莉絲在泰德小時候擔任過他的家庭教師，與「王國」的王族們如家人般生活過一段時間。

對泰德而言，伊莉絲是家人，是長姊，是良師，更是自己敬愛的對象。他不知已默默在心底發誓過多少次，希望自己有朝一日能成為跟伊莉絲同樣厲害的強者。

伊莉絲不光是劍術過人，更是一位魔法高手。

人族之中無人能夠使用魔法，就連在精靈族裡也只有像伊莉絲這樣的王室成員才具備資質。伊莉絲每次在宴會上展示各種神奇魔法，泰德總會看得心花怒放。

因此，泰德在得知艾爾菲納遭「帝國」攻打時，比誰都擔心伊莉絲的安危……當他聽說需要派遣使者前往艾爾菲納，並知曉伊莉絲平安無事之後，就率先毛遂自薦表示想參加這項任務。

只要有「王國」的援助，憑著伊莉絲的劍術、魔法還有她率領的數千名精靈，肯定能夠扭轉頹勢，並且助她奪回故鄉……

佇立在泰德面前的伊莉絲，風采完全一如當年。

伊莉絲的外表之所以毫無變化，原因是精靈族的壽命比人族高出幾十倍。

如此心想的泰德，心不在焉地注視著伊莉絲……

「傻小子，要是你繼續這樣發呆的話，難保又會遭遇危險喔。畢竟這裡已是敵陣之中了。」

「啊、對、對不起……」

「還是你被我的美貌迷得神魂顛倒了？那種事對你來說太早囉，誰叫你還是個小鬼頭。」

「唔、嗯……」

泰德坦率地點頭回應，內心卻莫名有些疙瘩。

明明好不容易才再次見到伊莉絲，泰德理當很高興才對……

「……你們接下來有何安排？還是一如原定計畫，直接前往我們的據點？」

「那就有勞您了，我認為有必要先交換一下彼此所掌握的情報。」

索菲鞠躬表達感激。

泰德的首要任務是成功與精靈們取得聯繫，至於接下來的對策，則是等確認完雙方的狀況後再行定奪。

「我明白了，那就趕緊走吧。逃跑的敵兵肯定會把我們的消息傳遞出去，繼續待在這裡的話，很快就會碰上其他追兵。」

語畢，伊莉絲快步往前走去，其他精靈也緊跟在後。

看著如此催促的伊莉絲，泰德有股不祥的預感。

畢竟伊莉絲從以前就是個既活潑又堅強的女性……反觀她此刻的背影，莫名少了一種從容不迫的態度。

另外……

「那個，伊莉絲……」

「怎麼了？泰德。」

看著沒有回過頭來的伊莉絲，泰德內心糾結到有種喘不過氣的感覺。

「那個，這個，妳脖子上的那條項圈……」

「……這件事晚點再跟你們解釋，包含我目前為何只用劍和弓戰鬥。」

「伊莉絲大人，難不成那個項圈就是在艾爾菲納家的古籍裡提到的……」

索菲像是倒吸一口氣地詢問後，伊莉絲回以一個哀傷的笑容。

「沒錯，完全一如妳的猜測。」

伊莉絲等人的祕密據點就位在泰德他們走進的那片森林……貝爾法斯特森林的深處。這座村落是沿著溪谷兩側建造而成。

「伊莉絲不能使用魔法……？」

在此村落最大的房子裡，泰德臉色發青地低語著。

「這……這是怎麼回事!?伊莉絲可是艾爾菲納裡少數能使用魔法的精靈……我還以為各位是多虧伊莉絲的力量才得以生還下來……」

「……我們確實是生還下來了，卻並非仰賴我的力量……」

伊莉絲一臉苦澀地開口回應，並且從剛才就不斷用右手摸著自己脖子上的項圈。

泰德被此消息嚇得啞口無言，於是索菲代為發問。

「……為了讓泰德王子也能聽明白，可以請您解釋一下來龍去脈嗎？」

「……也對，在與你們交涉時，並沒有提及我無法使用魔法一事。想想確實有失公平，所以我會一五一十地告訴你們的。」

伊莉絲這次用力握住自己脖子上的項圈。

「泰德，你知道這是個怎樣的項圈嗎？」

「難道不是一般的裝飾品嗎……？」

「這東西叫做『詛咒裝束』，它能夠封住配戴者所擁有的力量。對我來說，就是與魔法有關的所有力量都被它給封住了。」

「……！這種項圈是誰給妳戴上的……!?」

「當然是『帝國』的那幫人啦。」

「『帝國』？意思是伊莉絲妳……」

泰德無法繼續把話說下去。伊莉絲也不發一語……這陣沉默就足以代表一切。

伊莉絲難過地低下頭去，開口回答。

「沒錯，我一度遭『帝國』軍俘虜，並且被迫戴上這條項圈。說穿了就是我曾經敗給『帝國』軍。」

「不會吧……」

索菲從旁幫忙解釋。

「聽說『帝國』為了有效利用伊莉絲大人這種精通魔法與戰鬥技巧的精靈，會藉由『詛咒裝束』來封住她們的力量。我也是第一次親眼見到這種道具，沒想到伊莉絲大人也遭受荼毒……」

「……你們放心，我本身沒有受到什麼傷害，就只是被迫穿上『詛咒裝束』而已。」

「這、這是真的嗎……？」

「想把我當成奴隸控制的人，是參與攻打艾爾菲納城的其中一名『帝國』王子。

他似乎十分中意我，親口表示想盡可能在避免傷害到我身體的前提下，迫使我心甘情願地聽令於他。雖然他長得還算英俊，卻面目可憎到令人作嘔。」

伊莉絲深深地嘆了一口氣。

「因為在被這個王子戴上項圈沒多久之後，我就被同伴們救出來，所以也不清楚他到底想對我做什麼。」

「那麼，伊莉絲以外的其他人呢……？比方說妳的父母……記得他們當時都在城裡……」

「……這就不清楚了。在被捕之後，我就跟他們走散了。」

「…………」

「即使我不能使用魔法，終究是艾爾菲納王室的後裔，因此有義務率領反抗軍。我們就是一路這麼堅持到現在，不過……」

「不過……？」

「……很遺憾我軍寡不敵眾，面對敵人是節節敗退。在跟你們交涉之際，我軍原本多達數千名的精靈戰士，如今也只剩下幾十人。至於待在這個村落裡的精靈們大多都不擅長戰鬥，全是一些尋常百姓，最多就只能幫忙準備三餐，以及處理木材加工等雜務罷了。」

「這樣啊……」

其實泰德已隱約察覺出此事。理由是既然伊莉絲等人將此處當成據點，從現實面來考量，能上場作戰的精靈差不多就是這點人數。

「請求『王國』那邊派遣援軍……應該很勉強吧？」

「……嗯，父王命我必須將此事說清楚。因為我國光是跟『帝國』的戰爭就自顧不暇，所以沒有餘力派兵支援他國。」

「若是無法調派人手，物資方面的援助呢？」

「我個人是希望把這個當成最終手段，父王也說過物資方面的情況與軍力差不多，直到戰況穩定之前都難以對艾爾菲納提供援助。不過兵器的設計圖以及增加糧食生產等技術，就可以無上限全面提供……」

「這樣啊……」

「抱歉，我們被賦予的工作終究只有與你們取得聯繫和提供協助，並透過合作鬪出一條通往勝利的道路。不過根據反抗軍的戰力，這實在有點……」

「泰德你不必道歉，畢竟『王國』一旦倒下，我們將失去獲勝的最後希望，因此令尊的判斷非常正確。」

聽完伊莉絲的體諒，泰德內疚得不知該如何回應。

伊莉絲低頭看著自己的右掌，懊惱地低語說：

「假如我能夠使用魔法……如此一來，至少還有手段可以對抗敵方大軍。」

「…………」

「問題是只要我身上還有這個『詛咒裝束』……」

「請等一下，公主。」

聽見來自背後的這股聲音，眾人皆扭頭望去。

只見一名精靈婆婆站在該處。身材嬌小的她甚至還不到伊莉絲的腰間，在數名女精靈的陪伴下，她老態龍鍾地撐著拐杖往前走。

「梅法!?妳怎麼跑來這裡……!?」

伊莉絲震驚得瞪大雙眼，連忙上前攙扶精靈婆婆，緩緩地領著人走進來。

名為梅法的老婆婆本就已滿臉皺紋，此時她露出微笑，臉上的皺紋更是清晰可見。

「在聽完方才的對話，我有事情想跟你們談談……不知是否方便嗎？」

「當然沒問題。那我先來介紹一下，這位婆婆叫做梅法，是長年服侍艾爾菲納王室的藥劑師，也是我國最博學的智者，更是國內最長壽的人。」

「最長壽的人……」

「梅法，話說妳已經多少歲了？」

「今年恰好滿五百歲。」

「五百……！」

泰德錯愕得目瞪口呆，沒想到精靈竟是如此長壽……

「梅法，妳想說什麼呢？」

「其實有一個方法能拆下『詛咒裝束』。」

「咦……!?」

伊莉絲發出驚呼，泰德也詫異地瞪大眼睛。

「原來還有這種方法……!?話說那麼重大的事情，為何妳至今絕口不提呢!?」

「因為……我沒料到適合的人選會在如此緊要關頭找上門來。」

「適合的人選？」

「就是你啊。」

梅法用拐杖指著泰德。

「你叫做泰德是吧？」

「啊、是的！」

「很好。我說泰德殿下啊，方便請教你一件事嗎？」

「請說……」

「你對伊莉絲……可有當成一名異性愛著她嗎？」

「咦？」

現場的氣氛瞬間凝結。

「咦……？當成一名異性……？咦，什、什麼～～!?」

「梅、梅法，妳在說什麼呀!?」

泰德紅著臉驚呼出聲，伊莉絲也慌了手腳解釋。

「泰德對我來說就跟弟弟一樣，並不是那種關係……！對、對吧!?泰德!!」

「唔、嗯……！我、我是這麼……認為啦……」

這句話是自欺欺人，你明明就深愛著伊莉絲——在泰德心中的另一個自己如此駁斥。

確實伊莉絲對泰德來說就像姊姊一樣，但泰德同時也十分仰慕伊莉絲，覺得她當真是個充滿魅力的女性……咦，自己究竟在胡說些什麼啊!?

梅法來回看了看兩位當事人，不知為何露出一個十分滿意的笑容。

「是嗎？不過我瞧你們倒像是郎情妾意，就算送作堆也不礙事。」

「妳在亂說什麼嘛，梅法……」

「根據古老文獻的記載，『詛咒裝束』會按照吸收至體內的『精氣』依序解開。

前提是……必須和人族締結深厚的羈絆，而且兩人證明彼此羈絆的方式，將會影響詛咒解開的程度。由於『詛咒裝束』是舊時代的人族為了支配精靈所研發出來的道具，因此具有這樣的功能……」

梅法語重心長地說明著。

泰德聽不懂話中的含意，於是只能保持沉默。

反觀伊莉絲，不知為何原本泛紅的臉龐變得更加紅潤，而且臉上還浮現相當吃驚的表情。索菲則是遮著嘴巴發出「哎呀呀」的驚呼聲。

接著伊莉絲像是想緩解氣氛地露出苦笑，雙肩一聳說：

「抱歉，梅法，我聽不懂妳想表達的意思……」

「話雖如此，但公主您其實已心知肚明了吧？真是青澀呢……不過這很符合公主的作風，我這個老太婆很高興能養出像公主這般出色的孩子喔。」

「那個，我是真的聽不懂這段話的意思……」

泰德愧疚地老實招認。梅法深深地發出一聲嘆息。

「嗯～以王子的年齡竟然出現這種反應，感覺上『王國』的教育似乎有點問題……」

索菲帶著一臉歉意地低下頭去。

「真是非常抱歉，由於泰德王子是國王膝下子嗣之中最為『乖巧』的孩子，因此才想說稍微晚點再從事那方面的教育……」

「這樣啊，那就沒辦法了。」

「妳們究竟在談什麼……？」

「其實也沒什麼。」

梅法再次舉起拐杖，抵在泰德的胸口上。

「就是請泰德殿下您與公主結為一體。」

「結、結為一體……？」

「就是所謂的性交。」

第一章 精靈公主騎士的初夜

1 自初次相見的那天起

對於與伊莉絲初次見面的那一天，泰德直到現在仍覺得一切都歷歷在目。

在「王國」首都・齊薩爾的城堡中庭裡，泰德和伊莉絲相互對視著。

伊莉絲以泰德的家庭教師之姿受邀前來齊薩爾城，不過她才剛抵達沒多久，泰德的父親……也就是「王國」的國王拜託她幫泰德指導劍術。

「怎麼啦？你還不攻擊嗎？」

伊莉絲以挑釁的口吻對著持劍擺出架勢的泰德如此詢問。

「當初早有耳聞『王國』最年幼的王子是個『小鬼頭』，瞧你的樣子，似乎果真贏不了比自己年長的大姊姊是嗎～？」

泰德還是不發一語。

真要說來，他是完全答不上來。

因為他的腦中已亂成一團。

（這、這麼漂亮的精靈姊姊是我的劍術老師……而且還是我的……家人……!?）

無論是隨風飄揚，在陽光下閃閃發亮的銀色長髮。

或是修長纖細的四肢、單單一笑就能蠱惑人心的豐唇、如鈴音般甜美的嗓音。

以及對泰德這種青澀少年來說，過度刺激的豐滿胸部。

她所有的一切都是如此充滿魅力……是那麼地不真實。

泰德無法相信這世上竟然存在著如此美麗又可愛的女性。

而且從今天起，就會和自己住在同個屋簷下……

「……你有在聽我說話嗎？」

伊莉絲略顯不悅地發問，泰德這才回過神來，用力握緊手中的劍。

（我、我不可以心不在焉……！好歹也得擊中她一次才行……！）

老實說，泰德至今從未認真學習過劍術。理由是比起鍛鍊劍術這類危險的事物，他更喜歡閱讀書籍學習新知。

不過……

「喝啊啊啊啊啊！」

泰德抱持半放棄的心態提劍進攻。

伊莉絲輕盈地側身一閃，對準泰德破綻大開的背部輕輕揮出一劍。

「啊噗！」

泰德在草地上摔個狗吃屎……惹得在旁觀摩兩人切磋的雙親和兄長們，甚至連服侍泰德的女僕索菲都不禁笑出聲來。

（真、真的好丟人啊……！）

泰德撐起沾滿沙子和雜草的身體，滿臉羞紅地如此心想。憑自己的表現，即使令眼前的少女大感失望也是莫可奈何……

「真是個傻小子……不過你勇往直前的態度倒是值得讚許喔。」

伊莉絲以傻眼卻又稍稍佩服的語氣說完感想後，親切地朝著泰德伸出一隻手。

「咦……」

「雖然剛剛已在國王面前做過自我介紹，不過我們重新再打一次招呼吧。我叫做伊莉絲，伊莉絲·柯涅堡·艾爾菲納，從現在起就是你的家庭教師，今後讓我們一起加油吧。」

「唔、嗯……」

泰德反射性地伸出右手，握住伊莉絲的手站了起來。

下一秒，她的銀色髮絲輕輕拂過泰德的臉頰，還有一股女孩子特有的甘甜氣味竄進他的鼻腔裡，以及那近在眼前的柔嫩胸部。

泰德的心臟突然用力一震。

伊莉絲見泰德握著自己的手就這麼愣在原地，於是擔心地查看泰德的臉。

「你怎麼了？難道是哪裡摔疼了？」

「咦、啊，對不起……！」

泰德連忙鬆手拉開距離。

（我到底在做什麼啊……!?）

不過伊莉絲似乎覺得泰德的反應很有意思，像個小惡魔一樣輕笑出聲。

「真是的，就算再害羞也犯不著這麼驚慌吧……還是你完全敗在姊姊我的石榴裙下呢？看來你當真是個『小鬼頭』呢。」

「才、才沒有那回事……」

「就先不捉弄你了。請多指教囉，泰德。」

「……！」

泰德不禁倒吸一口氣……因為他萬萬沒想到對方在第一次見面時就直呼自己的

名字。

可是這種毫不做作的親切態度，大概就是眼前這位精靈的優點吧。

於是……泰德擠出一個靦腆的笑容，鼓起勇氣對面前的少女說出以下這句話。

「……嗯，請多指教，伊莉絲。」

之後，泰德和伊莉絲有如家人般生活在一起。

伊莉絲的學識也遠比泰德想像得更加淵博，並且很懂得如何教導人，泰德的學力突飛猛進。

可是無論伊莉絲如何細心指導，泰德唯獨劍術方面只算是差強人意。為了彌補這個短處，他開始致力於鑽研兵法。

所幸泰德確實擁有這方面的天分，儘管他在劍術比賽裡不曾打贏過任何一位兄長，但在使用棋子的兵棋演練之中，泰德的勝率遠在諸位兄長之上。家人們之所以沒有反對泰德前往艾爾菲納，就是因為他在這方面的才華是有目共睹。

泰德十分珍惜與伊莉絲的種種回憶，即使伊莉絲歸國返回艾爾菲納，他也沒有荒廢學習積極進取。

偏偏日後的發展卻超乎他的想像……

時間拉回至現在。

「真、真沒想到我會跟你做這、這種事情……」

「唔、嗯……」

泰德和伊莉絲同坐在一張床上交談著。

至於目的自然是……

2　突如其來的肉體關係

在闊別許久終於再次見到與自己如親生姊姊般生活過一段時間的精靈，如今竟為了解開她身上的詛咒而即將發生肉體關係。

忽然被要求去執行這種行為，天底下無人不會感到困惑。想必眼前的精靈也有相同的心情。

當然像這樣整理思緒，依舊無法平息腦中的混亂。泰德感受到自己的心臟不斷大力跳動，全身也十分僵硬。

即使伊莉絲就坐在面前，泰德還是無法與她對視……也不知該以怎樣的表情去面對她。

（為、為何會變成這樣……!?就算是為了解開詛咒，居然要跟伊莉絲做這種事……!?）

儘管泰德是個正值青澀時期的少年，但好歹還是明白『性交』一詞所代表的含意。

在戰爭爆發前，兄長們曾讓泰德看過流通於「王國」中的『春宮圖集』……也就是所謂的色情書刊。雖然「王國」奉行的宗教對於性愛方面抱持較為保守的態度，不過「王國」並沒有嚴格要求國民必須恪守教義，所以市面上也有販售這類書籍。

『性交』就是男女透過肌膚之親產生快感，並以此懷孕生子。

泰德好歹具備這類常識，也並非不感興趣。另外每當他翻閱春宮圖集時，也曉得自己的那裡會莫名變大。

同時能想像出來……男性就是將自己變大的東西，放入女性的那裡『性交』。

（的確這些我都知道，但是……!）

泰德鼓起勇氣，側眼偷偷觀察伊莉絲的情況。

伊莉絲也同樣顯得相當困惑，在說完剛才那句話之後就不發一語。視線則是對準附近的牆壁，很明顯是想避開泰德的眼神。唯獨緊貼在一起的兩手和雙腿，像是無所適從地不停扭動著。

伊莉絲很明顯十分在意泰德……並且至少不排斥與泰德產生肉體關係。倘若她當真厭惡泰德，理當早就奪門而出了……對泰德來說，這是眼下唯一的救贖。

不過如此一來，泰德就得面對其他問題。

諸如自己真能順利與伊莉絲『性交』？當真做了有辦法令伊莉絲滿意嗎？畢竟自己是一點經驗都沒有……

（偏偏索菲在這種時候也沒有提供任何建議……不對，甚至還給我推波助瀾……！）

泰德憤恨地想起自家隨從的臉龐，以及導致自己和伊莉絲陷入這個狀況的主要原因，也就是幾十分鐘前的事情經過。

……精靈老婆婆梅法在拋出那句話之後，令現場眾人大驚失色。泰德甚至紅著臉說不出任何話來。至於伊莉絲儘管早已知曉答案，卻還是承受不住心中害臊，忍不住發出「唔、唔唔唔～」的呻吟聲，跟泰德一樣雙頰泛紅，連忙低下頭去。

位於後側安靜聆聽著泰德等人交談的精靈們與人族們，也出現相似的反應。

說起在場的例外就是身為始作俑者的梅法，另一位則是泰德的隨從索菲。

尤其索菲只是略顯詫異地睜大眼睛，但很快就恢復原來的表情，還輕輕拍了個手拋出以下這句話。

「這樣啊……那就得趕緊做好準備才行！畢竟此事關乎眾人的生死！」

「……咦!?等等，索菲……!?」

面對女僕出乎意料的發言，泰德慢了一拍才發出聲音。

不過索菲沒等泰德把話說完，就拋出下一句話。

「梅法大人，我希望泰德王子能立刻與伊莉絲大人共度春宵，不知是否有合適的房間？」

「喔~有啊有啊，這屋子的二樓有一間招待訪客用的房間，裡頭有一張大床，就讓他們去那裡吧。」

「謝謝您的安排，那我這就去稍微布置一下。啊，若有精靈能來幫忙的話會更好。」

「等……！索菲!?妳別在那邊擅作主張!!那個，這可是我跟泰德之間的問題喔……！」

伊莉絲連忙提出抗議，泰德一臉僵硬地很想點頭附和。

可是索菲走向伊莉絲朝她一鞠躬，接著在伊莉絲的胸口前以仰望的姿勢說：

「沒那回事，這是我們『王國』和艾爾菲納兩國間的問題，進一步來說便是我們在場所有人的問題。」

「在、在場所有人……」

「如今我們已命在旦夕，要是伊莉絲大人您沒能取回魔法的話，再過不久我們就會被『帝國』趕盡殺絕。倘若二位沒有挺身而出，將無法打亂『帝國』的陣腳，『王國』在不久之後也會滅亡。」

「這、這麼說是沒錯啦……」

「為了拯救兩國的未來，泰德王子和伊莉絲大人您得在今晚締結肌膚之親，換言之是一場決戰。如果沒能打贏這場決戰，等待我們的就只有毀滅一途。」

「但、但要我們馬上就那麼做……！至少也先等我做好心理準備吧……！」

「敵方已得知我們『王國』派人跟此森林裡的精靈們接觸，相信不久後便會派遣部隊攻打這座森林。到時候，這個村落遲早會被敵軍發現。」

「就算這樣……！」

「所以今晚就是最後的機會。為了拯救『王國』和艾爾菲納，請泰德王子與伊莉絲大人務必在今晚結下肌膚之親。」

「…………」

伊莉絲神情複雜地將目光撇開。看她的表情……很明顯是大腦能夠理解並接受索菲的說詞，偏偏內心卻難以釋懷。

索菲接著扭頭望向泰德，微微露出一笑。

「泰德王子，您對這方面的事情如此陌生，都怪身為指導者的我疏忽了……因此先與您確認一下，您對該方面了解到何種程度？」

「咦……啊、那個，在不久之前，皇兄們曾拿春宮圖集給我看過……原則上是知道那檔事要做什麼……」

「您說的那檔事是指性交對吧？」

「對、對啦！真虧妳能毫不害臊地說出這個字眼……！」

「我們好歹也是一介女僕。況且我們之所以被去勢，就是為了避免那類行為對王室帶來負面影響。」

「啥？先等一下，妳剛才有說到『去勢』二字？」

伊莉絲一臉認真地詢問索菲，模樣像是受到有別於先前的另一種衝擊。其他精靈也露出目瞪口呆的模樣。

索菲略顯害羞地搔了搔臉頰。

「啊～想想此事並未對伊莉絲大人您提過。因為這算是『王國』的機密之一，當年不知該如何向您解釋……真是非常抱歉。」

「這、這點事不必放在心上！既、既然提到去勢，表示你其實是男、男性嗎……!?」

「以性別來說是如此。根據『王國』的傳統，服侍王室的女僕皆為已遭去勢的男性。之後還會接受各種祕術，最終才變成這身模樣。」

「……怪不得都是指派女僕去指導『王國』的王子和公主……我從當時就對這件事感到相當納悶……」

「這就是『王國』的傳統。您對此也沒有什麼排斥吧？泰德王子。」

「嗯，畢竟索菲總是非常照顧我。」

泰德坦率地點頭以對，似乎對此沒有抱持一絲疑慮。

「附帶一提，因為女僕等同於王子和公主的護衛，總會需要負責一切打打殺殺的工作，所以我們這樣的存在最為合適……」

索菲將雙手搭在泰德的肩膀上，靜靜地點了一下頭。

「泰德王子……祝您馬到成功。」

「咦!?按照這一連串的對話，接下來妳不是應該對我展開指導嗎!?」

「那可不行，請您親自去向伊莉絲大人請教。相信伊莉絲大人比王子您更了解關於性交方面的事情。」

「不會吧……!要是我搞砸的話該怎麼辦……!?」

「那也只能乖乖接受了。大不了就是『「王國」因為泰德王子在與精靈公主的初夜中把正事搞砸而慘遭毀滅』的這段內容被載入史書裡。」

「這是什麼丟臉到家的內容啊!?倘若我真的死了也無法瞑目！」

「那就請您加油別讓此事成真。請放心，雖然王子您的年紀算不上是青年，但已經達到能被稱為少年的門檻了。而且我相信您一定可以令伊莉絲大人滿意的。關於這部分，我倒是頗有信心。」

「問題是我對自己沒信心啊！」

「請您別再推三阻四，趕緊像個禽獸一樣推倒伊莉絲大人。因為我還不想死。」

「突然就直接翻臉了……!?」

「這也不失為是件好事啊。像這樣在美麗精靈公主的親身指導下擺脫童貞，堪稱是可遇不可求的天賜良緣喔。」

「但是……！」

「那麼，我得與其他人一同去布置房間，二位請稍微等待十五分鐘再過來。到時屋內會完全淨空，直到天亮前都可以盡情享受兩人時光。」

語畢，索菲在兩人給出答覆之前，已一臉開心地離開房間了。緊跟在後的精靈和人族們，也都露出相同的表情。

因為整件事發生得猝不及防，泰德和伊莉絲就只能默默目送眾人離去，一時之間說不出任何話來。

「啊、對了對了，忘記說一件事。」

本來已走出房間的索菲，忽然從門旁探出頭來。

「我先提醒你們一下，暫且不提這一次，但從下次起就不能使用過於單純的性交方式喔？」

「什、什麼……？」

「解除程度會受到證明羈絆的方式所影響，這就牽扯到何謂證明羈絆的方式。依照我的猜測，證明方式就等於是接受和容許對方做出的行為……」

「也就是說？」

「恐怕需要各式各樣的性交。畢竟你們越是信賴彼此，就越能接受五花八門的性行為。」

「……！」

伊莉絲和泰德錯愕得目瞪口呆。

五花八門的性行為……雖然目前想像不出來，但感覺上絕不是一項輕鬆的工作。

索菲說完後，便立刻把頭縮回去。

原本一直默默關注事情發展的梅法，在兩人的背後開口說：

「那位女僕真是挺帶種的……居然有膽對小弟弟如此直言不諱。不對，正因為已經沒帶種才變成那樣吧。真是失敬了。嘻嘻嘻。」

「……梅法，抱歉，我目前笑不出來。」

伊莉絲百般無奈拋出的這句話，正好替這件事做總結。

因為如此這般，泰德在沒有得到索菲的任何建議，並且缺乏身為男性的自信之下，和伊莉絲一同被扔進這個房間裡。

對於與伊莉絲發展出肉體關係一事，泰德的內心深處其實是感到相當高興。

泰德一直以來都把自己所憧憬的精靈公主視為家人，但他覺得自己有可能早就已經愛上伊莉絲。不對，即便原本沒有抱持這類情愫，他也能毫不猶豫地從現在起去愛上伊莉絲。只要是為了伊莉絲，他願意努力成為一名男子漢。

至少上述想法是沒有一絲虛假。

話雖如此，以這種方式發展出肉體關係真的好嗎？伊莉絲的心意又是如何？要是自己搞砸的話會怎樣？泰德好害怕會被伊莉絲嫌棄。不過……他更害怕「王國」和「艾爾菲納」就此滅亡。

（意思是……我只能硬著頭皮上了……）

正如索菲所言，目前的戰況已是四面楚歌。為了打破這個僵局，就只能設法解開伊莉絲身上的詛咒，讓她可以重新使用魔法。

自己必須和伊莉絲攜手引發奇蹟。

一想到這裡，泰德的心情莫名冷靜下來。反正他們已無路可退，就算搞砸了也無妨。就算有可能會在史書裡留下那種丟盡顏面的內容，不過自己到時也早就沒命了……

就在泰德做好覺悟，準備向伊莉絲搭話的瞬間……

「……我已經想明白了，現在也只能硬著頭皮上了。」

「伊莉絲……？」

泰德仰頭望向伊莉絲……只見伊莉絲朝著虛空點了個頭，然後對泰德露出溫柔的笑容。

「抱歉，泰德，這件事著實令我非常迷惘……但我說什麼都無法接受因為自己的關係，導致艾爾菲納迎向滅亡。」

伊莉絲眼神直率地注視著泰德。

「因此我願意接受這樣的命運。為了拯救故鄉，這也是莫可奈何。」

「我、我也一樣……！」

泰德不由自主地將身體靠向伊莉絲。

「我也同樣想了很多……終究還是不想因為自己的緣故導致『王國』滅亡，或是給家人們帶來困擾……當然說句老實話，我很擔心伊莉絲妳能否接受像我這種人，以及我能否為妳帶來幸福等等，真的是相當不安……」

「明明你原本只是個『小鬼頭』，現在倒是開始抱有這些成熟的想法。表示你已不再是『小鬼頭』，而是個想裝成熟的小男生呢。」

「伊莉絲，我這些話都是認真的……！」

「你想說的我都知道，放心吧。總之，我不會要你為這件事負責。你是為了助我解開詛咒，迫於無奈才跟我發展出肉體關係，聽懂了嗎？」

「伊莉絲，可是我……」

「你的心意我很高興，不過你今後將要親赴與『帝國』之間的戰爭，等我能使用魔法後，也會站上最前線領軍作戰。要是你對我抱有私情的話，難保會形成枷鎖而犯下致命性的錯誤。我想表達的意思，相信你可以明白吧？」

「這個嘛……嗯……」

若是當真與伊莉絲成為戀人，自己有辦法把伊莉絲送往前線嗎？能狠心讓她投身於殘酷的戰場上嗎？

一想到這裡，泰德覺得伊莉絲的一席話頗有道理……可是內心深處卻完全無法接受這樣的說詞。

「因此我跟你先僅限於肉體上的關係就好。至於愛情與羈絆等方面，之後再思考也不遲……首先是你還太年輕，也許哪天會遇見更適合你的女性，就算你我接下來得嘗試『五花八門的性行為』。」

「……嗯。」

儘管情感上難以釋懷，但既然伊莉絲是這麼期望的話，泰德也無從反對起。

「我知道了……不過當我證明自己是個能夠獨當一面的男子漢時，希望妳可以考慮接受我。我也一定會在這場戰爭中證明這點的。」

「是嗎？我會拭目以待的。」

「嗯，妳就好好期待吧。」

泰德至此終於放鬆表情。伊莉絲見狀後，也跟著嫣然一笑。兩人對於這樣的彼此感到既新鮮又憐愛，於是四目交纏了一段時間。

接著伊莉絲端正坐姿，單手握拳輕輕抵住自己的嘴脣，像是想掩飾害臊地輕咳一聲。

「那、那麼，是時候該開始了……畢竟敵人已逐漸逼近。」

「嗯……那個，其實我對性交不太清楚，所以能拜託妳教教我嗎……？」

「那、那還用說！我好歹是你的精靈姊姊，而且還是一國的公主喔，至少比你博學多聞！」

「所以妳也沒有這方面的經驗囉……」

「唔……就、就算沒有也無妨呀！」

「妳誤會了，這樣反倒讓我比較安心。太好了，既然妳我都是第一次，那個……害羞的心情應該也差不多才對……」

「這哪裡算得上是值得令人安心的要素……總之我比你懂得多，你就放心聽我指揮即可。」

「嗯，那麼……」

「我想想喔……」

語畢，伊莉絲伸手摸向泰德的下巴，輕輕將他的臉托向自己。

「就跟姊姊我來個成人式的接吻吧……」

3　兩人的第一次

……雖說伊莉絲以成熟大姊姊的臺詞勾引泰德，但她其實是感到既害羞又緊張，快被無形的壓力給逼瘋了。

（先、先接吻是可以……不過接下來該怎麼辦……!?）

伊莉絲原則上對於房事的流程並不陌生。

由於『艾爾菲納』信奉較為禁慾的自然宗教，因此不像「王國」那樣有在販售春宮圖集，但背地裡仍有露骨的兩性入門書在市面上流通，伊莉絲也曾向友人借來看過。

所以她明白自己跟泰德最終會進入怎樣的狀態。簡言之，就是讓雙方勾起慾火，進而達成最終目標即可。

不過這些終歸是一般常識。對伊莉絲而言，她是有想像過自己在男性的主導下完成初體驗，卻萬萬沒想到最終是由自己主導。

而且說起初體驗的對象，居然是曾經與自己如家人般生活在一起的少年。無論如何自己都不能露出丟人的一面。真要說來是如果搞砸的話，所有人都沒有未來可言。

（這可不是鬧著玩的……！眼下得先讓泰德有感覺才行……）

根據朋友的說詞，有些男性會因為第一次過於緊張而無法勃起，導致最終以失敗收場。若是出現這樣的結果，自己當真會顏面盡失。不管怎樣，至少得避免出現上述情況。

（我非得加油不可……就先來接吻吧……！）

話說有誰會在抱持如此決心的狀態下接吻啊……伊莉絲的腦中浮現這個頗令人無言的疑問，同時將泰德的嘴脣慢慢移向自己。

伴隨一股略顯溼潤的聲音，兩人的脣瓣交疊在一起。

閉上眼睛的伊莉絲，就這麼靜止了數秒鐘。

（這就是……接吻的味道……）

儘管不確定能否稱得上是美味……但真的很柔軟，讓人覺得十分舒服。

（對了，這好像是我的初吻耶……）

伊莉絲總愛在泰德面前擺出大姊姊的架子，事實上她未曾與男性交往過，就連接吻也是第一次。即使曾被「帝國」軍俘虜，幸好在被迫這類行為前就順利脫逃了。

（我的初吻……居然是跟宛如弟弟一樣的泰德……嗚哇啊～嗚哇啊～……！）

伊莉絲因為害羞和近似不倫戀的感受而心跳加快。

可是她不覺得後悔，畢竟如果運氣不好的話，她的初吻將會被「帝國」的男人奪走，因此很慶幸是獻給自己所熟識的泰德。

接著兩人慢慢分開，唇瓣在分離之際再次輕輕發出溼潤的聲音，令人有種相當淫穢的感覺。

泰德露出陶醉的表情望著伊莉絲。

「跟姊姊我接吻的感覺如何呀？相信這是你的初吻吧？」

「唔、嗯……感覺好舒服。」

「那就……再多親幾次吧。」

四片脣瓣再度拉近距離。不過這次泰德是主動將臉湊上來，想與伊莉絲接吻。親，親……兩人多次親吻，看起來就像是小鳥正在討要食物。

不知不覺間，泰德的呼吸越來越急促，伊莉絲也出現相同的反應，而且隨著脣瓣互相接觸的次數不停加快。

（接吻真舒服……！要是舌頭伸進去的話，應該會更加……！）

泰德彷彿也抱持同樣的想法，每當兩人接吻時，他就會含蓄地伸出舌頭，想舔向伊莉絲的嘴脣。

於是泰德忍不住開口說：

「那、那個，伊莉絲……！」

「嗯……怎麼了……？」

「我可以把舌頭伸進去嗎？其實我曾在春宮圖集裡看過，男女在性交時都會以這種方式接吻。」

「可、可以呀……」

「嗯嗯……！」

泰德突然像一頭撲向獵物的野獸般奪走伊莉絲的吻，主動得不像是往昔那位純真少年，當然伊莉絲也積極地接受這一切。

在脣瓣交疊的同時，泰德便將舌頭伸過來。伊莉絲也做出回應，主動將舌頭纏上去。

親，親，親，親……！

（果然這種親吻方式比剛剛更舒服……！）

伊莉絲感到一陣恍惚，熱情地持續和泰德舌吻。

泰德也積極地伸出舌頭尋求著伊莉絲。伊莉絲每一次都做出回應，甚至不管泰德是否將舌頭收回去，主動將舌頭伸進泰德的嘴裡。吻了好幾次之後，兩人才將嘴脣分開，不過舌頭仍宛如兩條蛇般交纏在一起。

曾幾何時，兩人的嘴脣上都沾滿唾液，並沿著嘴邊牽出一條條的銀絲落於胸前或腿上，但兩人還是不肯停止接吻。

大概是快沒氣的緣故，泰德這才把嘴巴移開。在分離之際，一座由唾液組成的橋梁出現在兩人的舌頭之間。

這幅光景淫穢得超乎想像……伊莉絲的心跳更加劇烈。泰德狀似也相當興奮，露出一臉陶醉的樣子。

「感、感覺如何……？」

即使伊莉絲早就知道答案，卻還是忍不住提問。

泰德給出一如伊莉絲料想中的答案。

「唔、嗯……真的是……好舒服……沒想到成人的接吻是……這麼棒……」

「你是說真的嗎？畢竟是在這種情況下獻出初吻……而且對象還是我。」

「我、我說的都是真話！我非常高興可以跟伊莉絲做這種事……！並且很想更了解妳……！」

「泰德……」

伊莉絲聽完泰德那青澀又純真的告白，心頭不由得感到一陣小鹿亂撞。

不過，伊莉絲心中也明白這場戰爭才剛揭開序幕。

（接、接下來……我必須設法讓彼此都感到舒服才行……）

根據翻閱過的古文書，男女在接吻後會撫摸彼此，令雙方的情慾更加高漲，同時也得讓兩人的身體都做好準備。

這就是所謂的『前戲』。

其實伊莉絲對此也只是一知半解，面對完全不懂前戲為何物的泰德，自己是否有能力勝任呢……？

「這、這樣啊……既然你想更了解我，具體而言是指什麼……？」

缺乏自信的伊莉絲，不由得如此反問泰德。

泰德沒料到會被人這麼詢問，先是顯得有些驚訝，但他很快就換上一個認真的表情回答說：

「那個，這個，就是……」

「就是……？」

「我想看看……妳的胸部……」

（這個反應果真很像是男孩子……！）

伊莉絲在女精靈之中屬於胸部特別豐滿的，因此經常能聽見這件事被男精靈們拿來討論。比方說伊莉絲在參加『艾爾菲納』的國家儀式時，必須換上突顯胸部的服裝，當下她總能感受到少年們的目光全都集中在自己的胸部上。

所以伊莉絲不曾對自己的豐滿胸部感到得意，結果泰德也同樣是被此魅力所吸引的其中一人……這令伊莉絲不禁露出苦笑，同時也鬆了一口氣。

（這表示泰德也是個健全的男孩子……比起令他覺得反感，這情況也算是不錯吧？）

「我知道了……那你想摸摸看嗎……？」

「可、可以嗎……？」

「這種時候我怎麼會騙你嘛。那麼，你先別動……」

「嗯……」

伊莉絲引領泰德的雙手，讓他隔著衣服撫摸自己的胸部。

撫摸！搓揉搓揉～～～～！

「這、這就是胸部……！真是既柔軟又溫暖……！」

泰德開心地說出感想。看來觸感舒服到超出他的想像。

泰德起先小心翼翼地將手掌壓在胸部上，然後稍稍加強指頭的力道，不過隨著他越來越習慣伊莉絲的巨乳，便開始用力地撫摸，或是用手掌捧住胸部上下搓揉。

面對伊莉絲那隨著手掌動作改變形狀的乳房，泰德在不知不覺間已被深深吸引，呼吸也比之前更急促了。

反觀伊莉絲……

「嗯、嗯嗯嗯！嗯嗯嗯嗯嗯！」

（不行……！這樣好舒服！會害我發出呻吟……！）

其實伊莉絲也是第一次讓人撫摸自己的胸部，因此完全不明白隨之產生的快感。沒多久後，她的理性就被快感徹底淹沒了。

（原、原來，被人撫摸胸部這麼舒服……若是不必隔著衣服撫摸，肯定會更加……！）

「啊、嗯，呼……啊嗯……！」

「那、那個，伊莉絲妳被我撫摸胸部，也會感到舒服嗎……？」

泰德似乎也注意到伊莉絲的變化，於是拋出這個問題。

「嗯……！我、我想想喔……應該算是……舒服吧……？」

為了保住自己的顏面，伊莉絲以疑問代替回答。

「是、是怎樣的感受呢？」

「什麼意思……？」

「我想了解這麼做會讓伊莉絲妳產生怎樣的感覺……！」

大概是第一次的體驗令泰德將理性拋諸腦後，於是口無遮攔地向伊莉絲徵求感想。

伊莉絲也抵擋不了快感，坦率地給出答案。

「就、就是……胸部會感到酥酥麻麻的，渾身上下開始發燙……嗯！是一種……很奇怪的感覺……！」

「我、我也一樣有種奇怪的感覺……吶，我可以直接……看妳的胸部嗎……？」

「這種時候我怎麼可能拒絕你嘛……你稍微挪開一下衣服，胸部就會露出來了……」

「嗯……！」

泰德依照伊莉絲的指示，將雙手伸進伊莉絲的衣服裡，設法讓胸部露出來。

但只是稍微挪開衣服的下個瞬間，只見那充滿彈性又具有分量的乳房隨之彈出來，宛如哪來的極品果實。

大概是長年接受騎士的鍛鍊，伊莉絲的乳房彷彿不受重力的限制般完全沒有下垂，而且因為擺脫衣物的束縛，彷彿果凍似地微微搖晃著。該處的肌膚白淨無比，完全找不到一絲瑕疵。

乳暈則與常人差不多，不過頂端的乳頭已經變硬，隨著呼吸上下起伏。

「這就是真正的胸部……」

首次近距離目睹女性，而且還是精靈美少女的胸部，泰德一時說不出話來，只是兩眼發直地緊盯著看。

「唉、唉唷，你不要一直這樣注視嘛……我會害羞的……」

「抱歉……！可、可是我沒想到這世上竟然有這麼美妙又迷人的東西……如果是伊莉絲的胸部，即使要我看一整天也不會膩喔……」

「你、你這個傻小子……！這樣讚美我也得不到任何好處喔……！」

雖然嘴上這麼說，但伊莉絲並沒有真的生氣。

反倒是自己的身體，而且是至今未曾替自己帶來任何好處的胸部，居然能讓有如弟弟般的少年那麼開心……

「那、那我摸囉……」

「好、好的……」

不同於先前，泰德積極地伸出手來。伊莉絲則是毫不抵抗，準備迎接少年的到來。

也許是已經習慣隔著衣服愛撫，泰德一開始就用雙手抓住伊莉絲的胸部。

下一秒，手掌彷彿被胸部吸入般陷進去，無處可去的嫩肉從指縫間擠出來，柔軟得完全不像是存在於現實中的事物。

不過充滿彈性的乳房，隨即稍稍將手掌推回去。彷彿是伊莉絲的肉體想嘗試最後的抵抗。

泰德又一次暫時說不出話來，他露出十分感動的眼神注視著伊莉絲的胸部，同時像是想確認手中的觸感般不停搓揉。

「……嗯！……！」

相較於心無旁騖持續撫摸胸部的泰德，伊莉絲是拚了命地避免自己發出呻吟。幸虧泰德的注意力都放在胸部上，沒察覺伊莉絲此刻的反應，但她明白自己遲早會堅持不住。

（……！直接讓人撫摸果然舒服到無法比擬……！）

沒經驗的泰德摸起胸部是有些粗魯，有時甚至會令人感到疼痛，不過這反倒也化為另類的快感襲向伊莉絲。

（胸部比剛剛更加酥麻……不知為何好想跟著擺腰……好想被泰德以更用力又激烈的方式來撫摸……！）

不停嬌喘的伊莉絲，來回看著自己的胸部和泰德……只見泰德忘情地揉捏那對果實，隱約從指縫間窺見的乳頭很明顯已經充血，硬挺地對準天花板。

（這就是……乳頭變硬的反應……？年幼得宛如親弟弟的泰德……現在居然能讓我舒服到情慾高漲……！）

也不知是自己的適應能力很強，還是泰德擁有這方面的天分……伊莉絲的腦中閃過上述疑問。

大概是已經習慣直接撫摸胸部，泰德的動作變得更加大膽。他有時是一把抓住胸部，有時則是用力搓揉，以順時針的方向撫摸右側乳房，左側乳房則用半順時針的方向愛撫，甚至還會用手指夾住乳頭玩弄著……

「啊、嗯、呼、啊嗯……！」

對於如潮水般襲來的未知快感，伊莉絲拚命摀住自己的嘴巴強忍著。她還能接受自己因為泰德的愛撫而感到舒服，但尊嚴不容許自己就此敗給快感，放蕩地叫春呻吟。

不過無論她再如何忍耐，隨著時間經過……

「啊、咿！這、這樣……好舒服……！」

「啊……！這麼做果然也很舒服嗎？伊莉絲……」

泰德詫異地抬起頭來開口確認。

最終伊莉絲沒有回答……原因是她對於自己說出「好舒服」這句話感到非常羞

恥，以及光是抵抗接踵而來的快感就已分身乏術。

「那我就繼續這麼做喔……！」

可能是見到伊莉絲的反應開始產生信心，泰德更加專注地玩弄胸部，只見那對軟嫩的果實隨著撫摸不斷改變形狀。

「啊、咿！呼、啊啊！我憋不住……聲音了……抱歉，這樣真的……好舒服！」

伊莉絲再也抗拒不了眼前的歡愉，終於放聲發出呻吟，而且還握住泰德的雙手，引導他撫摸胸部。

「你能夠……更用力地搓揉胸部……即使是吸吮它……也可以喔……」

「吸、吸吮……!?要我像個小嬰兒那樣吸吮胸部嗎……!?」

畢竟這樣的行為對泰德而言是頭一遭，於是他紅著臉再次確認。

「相信在你看過的書籍裡，也有提到性交時會做出這種行為吧……？所以你別客氣……儘管來吧……」

「唔、嗯……」

「來……先這邊吧……」

伊莉絲摸著泰德的臉，將他引導至右側的乳房。雖然內心深處覺得自己對如同弟弟的少年做出這種行為實在是不知羞恥，偏偏慾火完全凌駕在理性之上，根本阻止不了自己。

「那、那我舔囉……」

泰德怯生生地對準硬挺的乳頭伸出舌頭。

在泰德用舌尖一接觸到乳頭的瞬間，伊莉絲隱約感受到一股前所未有的快感。

（糟糕……！這未免也……太舒服了……！）

乳頭本就因為先前的愛撫變得十分敏感，如今再加上舌頭那種特有的粗糙感……給伊莉絲帶來超乎想像的刺激。她猛然挺起腰桿，而且全身不停抽搐。

泰德起先只是用舌尖頂了頂乳頭確認情況，當他發現伊莉絲很有感覺之後，便毫無顧忌地含住乳頭。

「啊嗯……！我居然被泰德你這個傻孩子……！像這樣舔弄胸部……！」

伊莉絲實在感到太害羞，情不自禁拋出這句話。不過泰德沒有理會，繼續吸吮著伊莉絲的乳頭。

泰德起初因為還不習慣這種行為，舌頭動得有些生硬，但隨著時間越來越熟悉，開始使出各種進攻方式。諸如用舌頭玩弄乳頭、把乳頭含進嘴裡大口吸吮、以舌頭沿著乳暈畫圓舔弄等等。

「啊、咿、好棒……！泰德……！」

在聽見伊莉絲的嬌喘後，泰德更進一步使出更多花招。

比方說用嘴巴吸吮右側的乳頭，空出來的一隻手則開始撫摸左側的乳房，一段時間後便交換進攻方式。接著他改用舌頭舔弄整個胸部，兩手則不停撫摸伊莉絲的小蠻腰跟大腿。

泰德張大嘴巴含住乳頭跟周圍的嫩肉，並伸手更用力地玩弄另一邊的乳頭，後來還用雙手捧起胸部，將臉埋進乳溝裡不停舔弄……

「咿、啊、呼啊～啊啊！泰、泰德……！先、先等……一下……！」

伊莉絲趕緊制止準備繼續攻擊乳頭的泰德。

泰德一臉困惑地望向伊莉絲。

「伊莉絲……？啊、對不起，難道弄疼妳了……？」

「是不會疼……不過……那個……這當真是你的……第一次嗎……？」

「嗯……？是第一次呀。」

「這、這樣啊……」

伊莉絲莫名有種感覺……認為泰德很可能對這方面相當有天分，要不然豈能在初體驗中就展現出如此多樣化的愛撫方式……

「比、比起這個，伊莉絲……」

泰德把臉從伊莉絲的胸部上移開，扭扭捏捏地接著說：

「我已經……快要……忍不住了……」

「忍不住……？」

「這邊……」

泰德正用右手摸著自己的兩腿中間。伊莉絲這才發現該處的褲襠已完全鼓起，這情況對她來說是前所未見。

（泰德的小×雞……已經勃起了……!?）

雖說伊莉絲與宛如弟弟的泰德同居了好幾年，但還是首次看見他的下半身出現這種反應。這表示泰德過去在自己面前確實是個天真無邪的小男孩，如今則變成一位心中慾望與其年齡相符的少年。

重點是……

（他確實對我產生性慾……下面已經做好準備了……）

如果搞砸這場性交，將導致「王國」與「艾爾菲納」都遭到毀滅……對於一直擔心此事成真的伊莉絲來說，比起吃驚反而感到一陣安心。

之後只需引導泰德進入自己的體內，至少能避免搞砸這場性交……

（接下來就看我準備得怎樣……不過我這邊……應該也沒什麼問題……）

被泰德愛撫胸部的這段期間，伊莉絲早就察覺自己的內褲已經溼透了。

（這樣的話，相信可以做得很順利……）

「那個，伊莉絲……？」

泰德一臉不安地呼喚著。伊莉絲回神後，回以一張苦笑說：

「啊……抱歉抱歉，你說快要忍不住，是指已經想做了嗎……？」

「嗯……光是稍微摩擦一下，好像就有東西要跑出來了……」

「泰德，你可曾自慰過嗎……？」

「其實一次也沒有……但我知道這裡變大以後再繼續摩擦它，就是所謂的自慰，不過我沒有勇氣那麼做……」

「原、原來如此……」

即使生理反應與年齡相符，心靈卻還是那麼地天真無邪……伊莉絲莫名感到一股認同和釋懷。至少泰德此時顯得相當羞澀，讓人很有好感。

「那就跟姊姊我來愛愛吧。」

「嗯……可是我該怎麼做……？」

「啊……！那個……」

換言之，現在得決定自己與少年要用何種體位性交。

換作是一般情況，都是由男性來指定……但眼下是伊莉絲握有主導權，必須靠她來引導對這檔事一無所知的少年才行。

（按、按理來說是這樣沒錯……問題是我哪可能思考過這種事……！不過非得想出一個適合的方案不可……）

伊莉絲絞盡腦汁思考，可是思考太久的話，會給泰德帶來無謂的不安，導致這個大好機會付諸流水。

（我想想喔，根據古文書的內容，記得最常見的是正常位，就是我先躺下，泰德以跪坐的姿勢插進來……但是這對第一次做這檔事的泰德恐怕太困難……如此一來……）

伊莉絲很快便找到答案。簡言之就是由自己主動，泰德則是被動就好。

不過這就表示……

（到時我的姿勢肯定會非常羞人不是嗎!?但要是不那麼做，又會影響成功率……管他的！眼下只能這麼做了！）

伊莉絲在臉上擠出一個笑容，並裝出從容不迫的態度說：

「有了，那泰德你就躺下來，由我坐在你的身上。」

「伊、伊莉絲妳要坐在我的身上嗎……!?在、在我看過的春宮圖集裡，這種體位叫做騎乘位，也是性慾特別強的女性欲罷不能的體位……」

（這、這是哪門子的鬼話……我可是為了你才這麼提議喔——！）

伊莉絲忍住想破口大罵的衝動，維持住臉上的微笑解釋說：

「那只是口耳相傳罷了……總之你放輕鬆就好。因為我也是第一次，為了避免失敗，你要自己把東西掏出來喔。至於我……那個，我也會先脫好內褲……」

「嗯……」

泰德羞澀地點頭以對，接著他伴隨解開皮帶的聲響準備脫下褲子。伊莉絲確認泰德有照做後，也用雙手脫下自己的內褲。

（果然有點……不對，是已經很溼潤了……）

伊莉絲看著溼透的內褲，確認自己的陰部已是愛液氾濫。

（畢竟被人那樣玩弄胸部，怪不得會變成這樣。話說泰德他……咦！）

「泰、泰德，你的那邊……！」

「咦……？怎麼了嗎？伊莉絲……」

泰德遵照伊莉絲的吩咐仰躺在床上。當然他也靠自己脫掉褲子跟內褲，讓整根陰莖露出來。

這部分是沒什麼問題。

伊莉絲之所以會那麼吃驚……

（這孩子的×雞怎會這麼大呀……!?）

泰德的分身已一柱擎天，巨大到完全不符合他的年紀。稍微觀察一下，少說比自己張開的手掌更長。伊莉絲不清楚人族的平均尺寸是怎樣，但看起來當真是雄壯威武。

大概是基於人族的習俗，泰德有接受過割包皮手術，他那紅黑色的龜頭狀似充滿精力，宛如某種動物的頭部不斷微微抽搐著。

（怪不得提及泰德能否讓我滿意時，索菲說他對泰德頗有信心的，原來理由是出自於這裡……!）

身為女僕的索菲確實會經常看見泰德的裸體，所以才敢那樣打包票吧。

（這或許能令我滿意……問題是我有辦法承受這東西嗎!?）

「咳咳！當、當我沒說，那我就坐在你身上囉……」

伊莉絲屈膝跨坐在泰德的腰部上。反觀泰德恰好能看光自己的下半身。老實說這情況真的很令人害臊，但為了盡可能提升成功率，眼下也別無他法。

「唔、嗯……」

泰德第一次親眼看見女性的性器官，整個人都僵住了。

（為了方便泰德插進來，我得把下面掰開……）

「嗯嗯……！」

伊莉絲張開雙腿，伸手摸向自己的陰部，並以食指和中指掰開大陰脣。

已經淫透的該處在發出一陣淫黏的聲響後，以最真實的面貌展現於泰德的面前。面對這個如夢似幻的光景，泰德也默默地睜大雙眼。

陰脣彷彿一朵綻放的紅花般呈現粉紅色，本身看起來就像是某種生物。

淫潤的陰部周圍沒有一根陰毛，並隨著伊莉絲的喘息輕輕顫抖。

「這、這就是……女人的……」

泰德目瞪口呆地如此低語。也難怪他會出現這種反應，畢竟在所有一切都是首次經歷的共同作業之中，最終還親眼目睹這樣的光景。

不過分身的雄風絲毫未減。想必在他的腦中，一直對眼前之物抱有能將自身陰莖包容至最深處的期待吧。

說起伊莉絲此刻的心情，則是期待和不安各占一半。

（聽說第一次都會特別痛，但原則上好像又會因人而異……以泰德這樣的尺寸，十之八九會很痛吧……！）

「那就開始囉……」

為了讓泰德的陰莖能順暢地進入自己的私密處，伊莉絲先用右手輕輕握住它。此刻已相當敏感的肉棒光是這個動作就抖了一下，泰德的腰部也跟著微微抽搐。

「啊、伊莉絲……！」

「你稍微忍耐一下……我這就讓它插進來……」

伊莉絲握住陰莖的根部，在對準自己的陰脣後，慢慢地坐下去。

隨著一股淫黏的聲響，龜頭已頂到陰脣。

伊莉絲無視來自陰部那宛如觸電般的快感，鼓起勇氣透過嫩肉把陰莖含入自己的體內。

噗滋，噗滋滋……噗滋滋滋滋滋滋滋滋滋滋～～！

「啊、啊、啊啊啊啊啊啊啊啊啊啊啊啊！」

這股聲音並非來自伊莉絲，而是泰德發出來的。面對第一次的性經驗與性交，而且還是由女性主導的騎乘位，隨之而來的快感徹底超乎泰德的想像。

不久後，泰德的陰莖已完全沒入伊莉絲的陰部裡。

當陰部接觸到泰德的腰間時，又微微發出一陣淫黏的聲響。

「啊、啊……唔、唔唔唔……！」

泰德咬緊牙根，發出不成聲音的呻吟。伊莉絲的蜜壺毫不客氣地緊縛住泰德的肉棒，令他不得不拚命撐住隨之而來的強烈快感與射精慾。

「已、已經全部進來了……」

伊莉絲也大口喘息，用手摸著插入自己體內的陰莖根部，確認自己並沒有說錯。

幸好是不怎麼痛。雖然在陰莖進入之際，體內似乎出現有東西被撐破的感覺，但就僅止於此，也不見任何出血的跡象。

不過仍有一種難以言喻的異物感，以及泰德的陰莖進入自己狹窄的陰部內所帶來的壓迫感。

還有……十分單純的快感。

（這也同樣……不對，是比起之前的任何行為都更加舒服……！）

伊莉絲忽然莫名能理解在精靈的文化裡，為何會把性愛列為禁止事項。若是積極推廣這種行為的話……精靈恐怕在轉瞬間就會墮落了。

「唔、呼啊啊……」

泰德發出苦悶的喘息聲。儘管他忍住了射精的慾望，但因為整根陰莖被伊莉絲那柔軟的肉壁緊緊夾住，強烈的快感如潮水般不斷襲來。

「你、你還好吧？泰德……」

「唔、嗯……這真的是非常……非常非常……非常非常非常舒服喔……」

「你的形容能力也太單薄了吧……」

「抱歉……可是我只想得到這些單字……伊莉絲的那裡真的很緊，而且既溫暖又溼潤……總覺得自己的腰快溶化了……」

「這、這樣啊……」

「伊莉絲呢？」

「我也一樣……感覺還算……挺舒服的……」

老實說是遠超出挺舒服的程度，不過礙於身為姊姊的尊嚴，迫使伊莉絲說出這種言不由衷的感想。

「這樣啊……那真是太好了。」不過泰德狀似仍感到相當滿足，鬆了口氣般地如此低語。他這副模樣令伊莉絲的胸口一緊，莫名產生一股前所未有的情感。

（唔，他怎會這麼可愛……！即使很令人不甘心，但我還是忍不住如此心想……）

「那我開始動囉……」

「唔、嗯……不過拜託妳……盡可能放慢點……因為妳的體內太舒服了，令我隨時都有一種東西快跑出來的感覺……總之我也會盡量努力讓妳舒服的……」

「你這個傻小子竟敢這麼囂張……不過謝謝你的好意，所以……」

伊莉絲聽從泰德的建議，慢慢地上下擺腰。每當她把腰往上提，泰德那被愛液浸溼的陰莖就會露出身形，然後隨著腰部往下沉，又立刻沒入她的體內。

「唔、唔唔～！」

「啊、呼！呼！咿、呼啊啊啊！」

這次不僅是泰德，就連伊莉絲也發出嬌喘聲。

每當伊莉絲上下移動自己的身體，泰德的陰莖就會粗魯地磨蹭到淫穴，給她帶來一種渾身酥麻的快感。外加上陰莖猶如一顆滾燙的石頭，更是讓她備感舒服。

（不行……！我反射性想叫出聲來……！腰也不聽使喚自行擺動……！）

就算自己獻出第一次沒有感到疼痛，但再這樣下去，身為精靈公主的矜持將會蕩然無存……伊莉絲的理性如此告誡自己。

問題是伊莉絲的理性早就被性慾壓垮，身體就這麼遵循本能在行動。於是她只能無奈地加快擺腰速度，任由身體撞向泰德的下半身。

「啊、咿！啊啊！這樣……好…舒服……！泰德，這樣子……好棒！」

「我、我也是！伊莉絲，我也可以動嗎？我能自己頂入妳的體內嗎！？」

泰德沒多久就好像快承受不住了，他雙手緊抓著床單大聲懇求著。看似正拚命用理性壓抑住慾望。

在如此快感之中不光是自己，就連泰德也跟著擺腰會變成怎樣……伊莉絲一想到這裡，背脊隨之傳來一股酥麻感。不過慾望很快就獲勝，令她說出相應的答案。

「好、好啊……！你、你動吧……！用你的那裡來刺激我……！」

「唔、嗯……！」

也不知泰德是否有點頭回應，只見他猛然開始擺腰，而且激烈到恍如想將至今累積的性慾全都宣洩出來。

「啊、嗯嗯嗯嗯嗯！哪有人……馬上就這麼……激烈……啊咿嗯！」

泰德以生澀的動作擺腰，拚了命地上下挪動身體。儘管從旁觀察會覺得這樣的動作既笨拙又粗魯，但泰德以自己的方式撐住伊莉絲的身體，把肉棒往內插。

（這是什麼……!?遠比想像中舒服太多了啦……！）

由於還不習慣彼此的動作，因此擺腰的時機算不上是恰到好處，可是每當伊莉絲將腰往下沉的瞬間，泰德的陰莖就會撞進來，帶給她幾乎快要當場腿軟的快感。

（這就是……做愛的快感……！）

的確做愛時只有女性在動，或是單由男性在動都可以得到歡愉，不過最舒服的做愛方式，是像這樣互相貪婪地享受肉慾的瞬間才能夠感受到……

（確、確實這樣才符合魔力供給儀式，而且我忽然好像能理解……只要加深羈絆的話，效率也會隨之提升……！）

「啊、呼！啊啊啊、咿！呼啊啊啊啊！」

「啊、咿、啊、唔唔！」

伊莉絲和泰德不斷發出沙啞的呻吟，用力擺腰撞向彼此的身體。伊莉絲那滿是汗水與愛液的翹臀一碰到泰德的大腿，就會發出啪啪聲響，柔嫩的肌膚也隨之微微抖動。那對豐滿的乳房也跟著上下搖晃，粉色的乳頭化成殘影烙印於泰德的視網膜上。

「吶，伊莉絲，妳舒服嗎？有舒服嗎!?」

「好、好舒服……！遠比剛剛都還舒服……！泰德的大×雞又粗又燙……！」

「我、我也一樣很舒服！伊莉絲的體內比先前還要溼潤很多……！」

「你怎麼……又說這種話……！」

「我可以……可以舔妳的胸部嗎？可以再揉它嗎？」

「來、來吧……！你想怎麼做……都可以……！」

無法肯定泰德是否已聽見伊莉絲的允許，只見他一把抓住伊莉絲的巨乳，開始像先前那樣用力地搓揉，並含住乳頭舔弄著。

「呼啊嗯嗯嗯嗯嗯嗯！被你這樣同時玩弄兩邊……！」

抽插的同時被人愛撫胸部，給伊莉絲帶來幾乎快令她當場昏厥的快感。自己的敏感帶全都在泰德的支配之下……伊莉絲一想到這裡，體內莫名出現某種想被人蹂躪的扭曲心態（受虐心態）。

（跟泰德性交居然會這麼有感覺……但如今我已無法再對自己撒謊了……！）

「啊、呼、咿！泰德……泰德……泰德……！」

「伊莉絲……伊莉絲……伊莉絲……！」

兩人頂向彼此身體的速度不斷加快，同時反射性地吻向對方，交纏的舌頭發出淫潤的聲響，同時交換著彼此的口水。雙方在這段期間也不忘擺腰，終於……

（什、什麼……!?好像有東西……要湧出來了……！）

一股神祕的感覺從體內湧現，而且不難想像在解放之後，將會給自己帶來無比的歡愉。

（這就是所謂的高潮嗎？記得在古文書裡有這段記載，沒想到是真的！）

與此同時，泰德也大喊出聲。

「伊、伊莉絲……我、我已經……要射了！有東西……要從×雞射出來了……!?」

（就、就是那個吧？是射精沒錯吧？也就是精液囉……？只要讓它進入我的體內，就算是完成任務了吧……？）

事實上在幾秒前，伊莉絲能感受到泰德的龜頭在自身體內變得更大，想必這就是射精的前兆吧。

只要泰德把精液射入自己的體內，魔力供給儀式就宣告結束，這場性交也會劃下句點……伊莉絲在鬆一口氣的同時，又覺得有些不捨。

不過眼下的狀況十分嚴峻，伊莉絲明白自己不能一直跟泰德像這樣滾床單，難保敵人即將兵臨城下。

既然如此——

（至、至少……！）

伊莉絲沒有停下擺腰的動作，溫柔地伸手撫摸泰德的臉頰，嫣然一笑說：

「來吧，泰德，你就這樣射進來……只要你在我的體內射精，我就可以取回力量……」

「唔、嗯……！但是這樣真的好嗎……!?」

「都這種時候了哪可能會拒絕你嘛……取而代之，直到最後你都要更加激烈喔……！」

「唔、嗯！好的……！」

泰德擠出最後的力量大幅上下擺腰，伊莉絲也配合他的動作扭腰擺臀，渴望獲得更多歡愉地迎向最高潮。

「我、我要射了！伊莉絲……！」

泰德大喊的下個瞬間，將龜頭猛力插入伊莉絲的體內，在裡頭解放精液。

這感覺就像是有滾燙的熔岩灌進自己的身體裡。與此同時……

「啊、我、我要高潮了啦啊啊啊啊啊啊！」

伊莉絲也達到性高潮，忍不住仰起身體。

「啊、啊啊、呼啊啊啊……」

這就像是一切空虛都被填滿的滿足感，以及令人腿軟的歡愉感。

感到心滿意足的伊莉絲，目不轉睛注視著泰德的臉龐。

4　羈絆之力

完事之後，伊莉絲與泰德迅速擦乾自己的身體，默默地穿上衣服。

表面上是基於難保敵人何時會來襲的理由……但實際上是兩人都感到非常害羞。

證據是性交都已結束，泰德的心臟仍在劇烈跳動。

（我……跟伊莉絲愛愛了吧……）

泰德如此心想，望向近在身旁的伊莉絲。

（沒想到……那個，我居然能得到伊莉絲的第一次……）

泰德對此感到相當高興，卻又忍不住冒出自己是否有這份資格的疑慮。當然他也沒有勇氣開口詢問。

因此，他決定以間接的方式確認。

「那個，伊莉絲……這個……妳還好嗎？」

「……你這麼問是什麼意思？」

伊莉絲的語氣聽起來有些疲倦，態度仍和往常一樣親切。泰德在稍微鬆了口氣後，繼續把話接下去。

「那個、這個，因為我剛剛好像過於激動……擔心妳會不會痛……」

「這個嘛……確實是有點痛，但還不到需要擔心的程度，你放心吧。」

「這、這樣呀……那我就放心了。而且……」

「而且？」

「看伊莉絲妳好像挺舒服的……幸好最終有令妳滿意……」

下一秒，伊莉絲的臉頰泛紅到清晰可見，簡直就像是燒紅的水壺。

「咦！伊、伊莉絲……!?妳、妳怎麼了……？」

「沒、沒事……！就只是回想起一些事情……！」

「回想起一些事情？」

「就、就叫你不必在意呀……！總之你大可放心！與你做愛的感覺算是相當不錯！所以你已經是出色的男孩子囉！」

「是、是嗎……？那真是……太好了……」

至此泰德才終於安心了。

其實對伊莉絲而言，與泰德的性交已達到『非常滿意』的程度，因此她一想起自己在做愛期間露出那種放蕩的模樣，就忍不住滿臉羞紅……當然泰德並沒有看出伊莉絲的心思。

「我、我才想問你呢。那個，你覺得我的那邊……怎樣呢？」

「唔、嗯……感覺……彷彿置身在天堂一樣。在高潮的時候，甚至好像真的上天堂了。」

「天、天堂!?這、這樣呀……」

「嗯……如、如果可以的話，我還想再跟妳……做這種事……」

泰德扭扭捏捏地說出心底話。儘管露出一副怯生生的表情，卻還是直勾勾地看著伊莉絲。

伊莉絲看見泰德的反應後，先是臉頰染上一抹微暈，接著像是想把某種心思拋諸腦後般地撇開目光，以堅定的語氣說：

「我、我想想喔……若是我能因此使用魔法，自然是可以維持這段關係……真要說來是必須維持下去。這也是為了我們……不對，是為了所有人著想。」

「唔、嗯……說得……也是……」

泰德略顯僵硬地點頭認同。自己與伊莉絲的肉體關係終究是為了打勝仗……而這也是無可動搖的事實，假如伊莉絲執意貫徹這項原則，泰德也願意尊重她。

但在與心儀的伊莉絲締結肉體關係，並且體驗過隨之而來的歡愉，泰德的內心深處又冒出另一個想法。

就是期盼有朝一日能和伊莉絲成為真正的戀人，以交往為前提發生肉體關係。

希望自己日後可以成為一位能被伊莉絲看上眼的男子漢。

不再是現在這種受姊姊百般照顧的關係。

（首先是設法幫助伊莉絲取回力量，並且藉由這股力量打贏戰爭……）

泰德壓下心中的慾望，將右手緊握成拳。

（要是不能辦到此事的話，即使我與伊莉絲結為情侶，我們還是無法得到幸福，而且伊莉絲將會永遠無法原諒失敗的自己……因此我目前最要緊的一件事，就是完成自己被分派的任務……）

泰德覺得自己已經找到一個明確的目標。原本他對這場戰爭只是充滿恐懼，此刻卻出現一股有別於以往的滾燙意志充斥在心中。

「對了，伊莉絲，在愛愛結束之後……妳的魔力有變化嗎？」

「老實說我也挺在意的……」

伊莉絲用手拉了拉脖子上的項圈，截至目前都沒有任何變化。

就在兩人注視項圈之際……

「啊……！」

「……!?」

項圈突然噴出類似水蒸氣的白煙，而且上頭浮現出彷彿用熱鐵烙印而成的紅色文字。

伊莉絲透過放在房間裡的鏡子確認後，瞠目結舌地低語說：

「這、這是……」

「……應該是古代語言，看來會隨著詛咒的解除逐漸浮現出來……」

「等到所有文字都浮現時，我就可以使用所有的魔法……是嗎？」

自項圈噴出的白煙沒多久就消散了。

「這表示伊莉絲妳現在可以使用魔法了吧？妳自己有感受到什麼嗎？」

「我也不確定……只能試試看才知道了……」

就在這時，忽有一名隸屬反抗軍的精靈奪門衝進房間。

「發生什麼事了!?」

「敵軍……『帝國』的騎兵隊正朝著此處逼近！共計二十人左右！大約再過十分鐘就會抵達這裡！」

「……！」

「因為眾人猜測解除儀式應該已告一個段落，才命令屬下前來通報公主，請公主盡快下達指示！」

伊莉絲先是吃驚地睜大眼睛，隨即扭頭看向泰德。

「儀式已經結束，項圈有產生變化……我的魔力有恢復一些。我們走吧，泰德！」

「唔、嗯……！」

在傳令兵的帶路下，伊莉絲和泰德來到村落附近的林間小路。十多名反抗軍的精靈們，以及包含索菲在內前來保護泰德的多名護衛都藏身於樹林的暗處。

目前已是深夜，周圍皆籠罩於黑暗之中。

「您怎會這麼慢才過來！泰德王子！」

泰德一抵達現場，索菲便立刻出言責備。

「就算與伊莉絲大人做愛是多麼舒服，您也花太多時間去享受了！正所謂物極必反，這樣可能會傷身的！」

「等……！索菲……！」

泰德紅著臉驚呼出聲。大概是他的模樣過於滑稽，其他護衛忍不住輕笑出聲，這股氣氛連帶影響到一旁的精靈們。至於伊莉絲與泰德是半斤八兩，滿臉羞紅地將視線撇向一旁。

索菲稍微清了清嗓子，繼續對自家主子說教。

「不過這也表示二位的身體是完美契合，為解除詛咒一事帶來了一絲曙光……老實說並非全都是壞事。請您今後繼續好好努力。若是需要練習對象，隨時都可以吩咐我一聲。」

「這種事我也知道……咦！練習對象!?我哪可能會拜託索菲你這種事……！更何況你是男性吧……！」

「這世上也有會對我這類存在產生性慾的男性喔。」

「至少我不會！」

「那真是太可惜了。不過按照你們的反應，解除儀式想來是非常順利。這樣我也放心了。」

索菲優雅地化解了泰德的抗議，並露出微笑。

照此情形看來，索菲也以自己的方式在關心泰德吧。

「敵方的騎兵隊即將抵達，您有何對策嗎？伊莉絲大人。」

索菲向伊莉絲提問後，精靈們也將目光集中在她身上。

伊莉絲稍微觀察一下林間小道，深吸完一口氣便說：

「由我一個人去擺平他們。敵軍恐怕已經知曉我們的據點就位於這裡，但尚未掌握確切的位置。為了避免被他們發現據點位在何處，必須殲滅這支部隊，而且得在對方逃跑前通通擊斃。」

「這種事當真辦得到嗎？」

「憑現在的我肯定沒問題。」

語畢，伊莉絲對泰德露出一個充滿信心的笑容。

「泰德，你可要睜大眼睛看清楚喔，接下來就好好欣賞你方才那麼努力所得到的成果。」

「唔、嗯……」

伊莉絲慢慢走到小路的正中央，堂而皇之地站在那裡。

與此同時，前方傳來凌亂的馬蹄聲。精靈們提前發現的騎兵隊，舉著火把正朝這裡奔馳而來。

騎兵們很快就注意到伊莉絲，他們從嘴裡喊出一段話之後，便拔劍加速朝著這邊衝過來。

可是不見伊莉絲有任何後退的跡象，她雙手持劍往前一伸，開始喃喃自語。

「吾名為伊莉絲・柯涅堡・艾爾菲納，是與爾等仙精攜手為這片土地帶來豐饒及和平之人，請爾等將力量賜予吾，徹底擊潰所有邪惡的敵人……」

隨後，伊莉絲的腳下出現一道由綠光組成的魔法陣，讓人能清楚看見她的身形。

「……！是魔法……！」

泰德倒吸一口氣。魔法陣的出現便是證明伊莉絲已能使用魔法。換言之，解除儀式非常成功……自己在伊莉絲體內釋放的精氣，順利被伊莉絲吸收並轉化成魔力，而且……

（我和伊莉絲已締結更深入的羈絆了……）

「大地的仙精啊，請賜予吾力量……地崩術（earth break）！」

伊莉絲卯足全力把劍刺向地面。

地面隨之出現一陣強烈的衝擊波，不出幾秒就蔓延至敵方騎兵隊的腳下……把敵兵全數炸上天去。

只見現場塵土飛揚……以及剛剛被炸飛的敵兵與馬匹。大概是衝擊波的威力過強，他們都已失去生命跡象。

（好厲害……！）

泰德自小就見識過伊莉絲的魔法，卻是首次目睹她放手施展攻擊魔法。

他聽說艾爾菲納王室歷代皆與『地精』締結契約，並能使用相關魔法。依照該名稱及效果，想來是最具代表性的魔法吧。

（或許只要有伊莉絲的魔法，任何敵手都不足為懼……）

若能進一步解除伊莉絲身上的詛咒，相信她就可以施展更強大的魔法。這麼一來，將為對抗「帝國」軍的這場戰爭帶來勝利的希望。

（換句話說，我得完成的任務便是……）

「……完成一次解除儀式的效果大概就這樣吧。換作是以前的我，認真起來能發揮出比這強上十倍的威力。」

相較於吃驚到不發一語的泰德等人，伊莉絲對於這樣的結果感到有些不滿。

但她很快就對泰德露出一個燦爛的笑容，說出以下這段話。

「如果這就是所謂的羈絆之力……那我們發展出更深入的關係似乎也不錯呢……對吧？泰德。」

第二章　登上成人階段的王子和精靈

1　從一早就……

泰德睡醒後，發現自己被某種難以形容的溫暖又柔軟之物覆蓋住全身。

「……！」

於是他反射性地睜開雙眼。

這才明白自己正置身於一種非常奇妙的狀況。

眼前是某人的頸部……很明顯地有人把泰德緊緊抱在懷裡。

對方似乎是一名女性，因為自己的頭正埋在豐滿的胸部之中。

至於地點則是昨天跟伊莉絲發生肉體關係……嚴格說來是設法解除詛咒的那張床上。

（這是……伊莉絲!?我怎麼會睡在伊莉絲的懷裡……!?）

泰德把視線往上移……絕美的精靈公主．伊莉絲的臉龐隨即映入眼簾。但她不同於已經清醒的自己，看似還睡得很沉……不過依然將泰德的頭緊抱在懷中。

由於嘴巴恰好被胸部堵住，因此泰德只能用鼻子呼吸。即使想抽身離開，伊莉絲竟以不小的力氣抱住泰德的頭，導致他動彈不得。

泰德用眼角餘光觀察周圍，發現床邊有個狀似抱枕的東西。表示睡迷糊的伊莉絲誤把泰德當成抱枕了。

從臉頰傳來絲綢的柔軟觸感……這應該是伊莉絲的胸罩。另外，泰德能隱約感受到伊莉絲的內褲緊靠在他的大腿上。

（幸好伊莉絲不是裸睡……不對！）

泰德將邪念甩出腦外，拚了命地把渙散的意識統整起來。

（我怎麼會在這裡……？記得昨晚……）

……昨晚在歷經戰事後，情況還挺混亂的。

首先是即便打了勝仗，也得設法收拾殘局。伊莉絲的魔法威力確實可以一擊殲滅騎兵隊，但要是留下痕跡的話，敵方將會察覺伊莉絲能夠使用魔法……也就是精靈協同人族正在設法解除『詛咒裝束』。

目前有派遣使節團對艾爾菲納殘存的精靈們伸出援手的勢力，就只有泰德他們所屬的「王國」而已。到時敵方將會傾盡全力搜索泰德等人，並派遣大軍攻打精靈們的祕密據點。

眾人明白終有一天得與「帝國」軍正面交手，可是精靈們所屬的反抗軍尚未壯大，眼下得盡量避免交戰。

因此泰德等人必須將敵方騎兵和馬匹的屍體運回村落，並把戰場恢復原樣。為了掩飾己方是在何處迎戰敵軍，一定得將殘留於林間小道上的馬蹄痕跡清理乾淨才行。

上述工程直到天亮前才終於完成，一行人疲倦不堪地返回據點後，索菲忽然表示「泰德王子您和伊莉絲大人已是命運共同體，應該同住一個房間！接下來的日子都得一起睡在這裡！不得有任何異議！」，於是泰德跟伊莉絲就被迫回到先前的那間客房……

（結果我不知不覺地與伊莉絲睡在同一張床上……）

泰德沒印象自己是何時睡著的。恐怕是因為兩人原本都相當疲倦，一進房間脫掉外衣後，就雙雙睡死在床鋪上。

（總、總之我得趕緊起床，與大家討論今後的事宜……不對，在此之前得先設法讓伊莉絲放開我……）

伊莉絲昨天和泰德結束房事後，沒過多久又被迫施展魔法，可能令她的體力近乎透支。若是可以的話，泰德希望能讓她再多睡一會兒。

泰德勉強挪動雙手，小心翼翼地把伊莉絲的手推開。

偏偏伊莉絲以不小的力道緊抱住泰德的頭，導致泰德無論如何使勁都掙脫不開。

（這下該怎麼辦……？呃，咦咦咦!?）

「嗯……」

不知伊莉絲是否對泰德的動作產生反應，還在沉睡的她開始磨蹭泰德的身體。照此情形看來，好像是泰德的體溫令她覺得十分舒服。

當然泰德也一樣感到渾身舒暢。畢竟這情況就像是伊莉絲用她那光滑柔嫩的肌膚，愛撫著泰德的全身上下。

「嗯……嗯……！」

睡著的伊莉絲輕輕用嘴巴換氣，吐出的氣息恰好落在泰德的耳朵上。

每當伊莉絲抱緊泰德，她那柔嫩的乳房就會把泰德的臉完全夾住，一股甘甜的體香直接竄進泰德的鼻腔裡。伊莉絲甚至用大腿夾住泰德的大腿，不時輕輕地磨蹭著。泰德能清楚聽見伊莉絲的心跳聲，令他不得不意識到自己正和伊莉絲同床共枕。

理所當然也回想起昨天的解除詛咒儀式……也就是性交的過程。

（感、感覺真舒服……！可是再這樣下去……！）

……事實上自泰德睡醒的那刻起，他就已經完全勃起了。

這就是俗稱的『晨勃』。

再加上伊莉絲抱得那麼緊，她還直接用大腿、腹部以及只剩一條內褲的下半身這般磨蹭泰德，毫無保留地刺激著他的敏感部位……

（糟糕……那個，我跟昨天一樣又想去了……！）

泰德拚命壓抑逐漸高漲的性慾和快感，以及隨之增強的射精衝動，他努力挪動身體想擺脫伊莉絲。但他越是掙扎，伊莉絲就抱得越用力，導致兩人的身體貼得更緊了。

（唔……！要是現在射精的話，肯定會被大家取笑的……重點是會給伊莉絲增添困擾……！沒辦法了，雖然對伊莉絲很不好意思……！）

「伊、伊莉絲！天亮了，快起床！伊莉絲……！」

「嗯……泰德……？」

伊莉絲半夢半醒地眨了眨眼睛，緩緩甦醒過來。

直到此刻，把泰德擁住的兩條手臂才終於放鬆下來。

「呼啊啊啊～咦，泰德你怎麼會在這裡……？啊，對喔，我們後來就睡在同一張床上……」

「是、是啊！假如我睡在一旁會令妳不開心，我先在這裡向妳道歉！所以拜託妳快鬆手啦……！」

「並沒有那回事喔……嗯？嗯～？」

仍是睡眼惺忪的伊莉絲似乎覺得哪邊不太對勁，露出相當困惑的表情，接著就把右手伸向自己的下半身，藉此來確認對自己造成異樣感的硬物。

「嗯？這難道是……!?」

「……！伊、伊莉絲……！那是……！」

伊莉絲正在撫摸的硬物……就是泰德的陽具。儘管隔著一條內褲，但對於因為勃起而變敏感的泰德而言，此動作只會給他帶來更強烈的刺激。伴隨一陣酥麻的快感，射精衝動也跟著暴增。

就算伊莉絲再缺乏性知識，似乎也已經掌握狀況，於是她摸著泰德的臉頰，柔柔一笑說：

「啊～原來是這麼回事呀～……古文書裡曾經提過男孩子在起床時都會勃起……泰德你也不例外呢……」

「早在昨天我就已經證明自己是男生了吧!?另外這不能怪我!是生理現象!而且全因為伊莉絲妳用身體磨蹭已是這狀態的我!完全是不可抗力!」

「哎呀，我有那麼做嗎?」

「有啊!就是拜妳所賜才變成這樣!雖說是挺舒服的!」

「既然舒服就沒關係啦。話說在那樣狀態下，也會因為舒服變成這樣呀。嗯~……」

「別一副釋懷的樣子撫摸我那裡啦!」

泰德欲哭無淚地提出抗議。

其實下半身已是想射精到難以自拔的狀態，他還是彎著腰死命忍住。

伊莉絲也注意到泰德的模樣有異，於是連忙將手收回來。

「啊、抱歉!不小心覺得頗有感觸……一想到這東西昨天還插進我的身體裡……」

「這、這麼說是沒錯啦……」

「那要怎麼做才能幫你舒緩呢?置之不理會怎樣嗎?」

「那個~這個，該怎麼解釋啊……」

的確置之不理的話，陰莖自然會逐漸萎縮。不過所需時間頗久的，外加上伊莉絲就在眼前，著實是超乎想像的狀況。

因此泰德決定坦率說出心中的慾望。

「那個……這麼說是有點不好意思，那個，只要跟昨天一樣來愛愛，應該就會舒緩了……」

「什、什麼!?可是……不是昨天才剛做過嗎!?」

「嗯……不過我想做，想射在伊莉絲妳的身體裡……」

「這還真是突然耶……」

「索菲昨天說過，若想幫妳解開詛咒，就非得藉由各種愛愛來證明羈絆不可……所以趁此機會做出一些貢獻也不錯……」

泰德也明白這是個牽強的藉口，但要是不這麼做的話，感覺上伊莉絲即使在此狀態下也不會答應這個要求。

伊莉絲聽完泰德的說詞後陷入沉思。

「確、確實早點解開我身上的詛咒對戰況是有利的，設法增加解除儀式的機會也不失為是個好點子……」

「唔、嗯……」

「泰德你會變成這樣，有一部分是我造成的……我明白了，就來做吧。」

「謝、謝謝妳，伊莉絲……！」

「不過一如我昨天說的，這終究只是為了解開詛咒，是為了打贏戰爭，就算我包容你，你也不許會錯意喔。」

語畢，伊莉絲便主動將內褲脫下來。泰德也跟著脫掉內褲，將完全充血的陰莖露出來。

此時，泰德注意到一件事。

「那個，伊莉絲……難不成妳已經溼了？」

「…………」

伊莉絲不發一語地撇開視線。

因為在泰德的眼前，正是伊莉絲那與昨日同樣愛液氾濫的陰脣。

見泰德陷入沉默，伊莉絲害羞地低語說：

「我、我也沒辦法呀。那個，在摸完你的×雞之後，我也跟著很有感覺……並且又想起昨天的事情……」

「原、原來如此……這讓我覺得有些開心……」

既然昨天的那場性交令伊莉絲如此印象深刻，泰德是感到頗高興的……

「反、反正這也沒什麼啊！恰好能省去前戲的麻煩……！那、那麼，這次要用怎樣的體位呢？畢竟這只是第二次，你可別胡來喔……！」

「嗯……由於昨天是伊莉絲妳那麼努力，因此想說這次換我來……那個，妳知道哪種姿勢對女生來說比較輕鬆嗎？」

「那、那應該就是正常位了……」

「是怎樣的姿勢呢？」

「你我像這樣面對面……」

伊莉絲握住泰德的雙手，順勢仰躺在床上，然後引導泰德來到自己的兩腿間。

「那我進去囉……」

「嗯……」

伴隨一陣溼黏的聲響，泰德的陰莖抵在伊莉絲的陰部上。

接著泰德往前頂，將分身插進伊莉絲的體內。

只見陰莖遠比昨天更順暢地進入伊莉絲的陰道內。

「啊、啊啊啊啊啊啊啊～！」

嬌喘著的伊莉絲發出呻吟。因為聲音聽起來比昨天更妖豔，想來是快感已凌駕在痛覺之上。

泰德很快就讓分身完全沒入伊莉絲的身體裡。

「啊、呼啊～果然伊莉絲的體內好舒服……」

泰德忍不住發出讚嘆。基於是第二次的關係，他能夠比起昨夜更明確地去感受伊莉絲的身體。

外加上這次是正常位，雙腿大開的伊莉絲就躺在眼前。

伊莉絲大口嬌喘，神情愉悅地看著泰德的臉。

「啊、呼！呼！你已經……進來了吧……」

「嗯……妳的身體好美喔……因為能比昨天更冷靜地觀察妳，讓我真心這麼認為……」

「小傻瓜……你這樣讚美我也得不到任何好處喔……」

「那我動囉，伊莉絲……」

「嗯嗯……！」

噗滋……噗滋……

泰德緩緩擺腰，只見原先位在蜜壺裡的肉棒開始進進出出。

抽插起來果然遠比昨天順暢許多。大概是經歷過第一次，伊莉絲的陰道已開始習慣這種事。而且相較於昨天，泰德能更仔細地去感受密穴的肉壁，以及更為溼滑的陰道。

這真的是太舒服了。

「啊、嗯！呼！啊！咿！嗯嗯……！」

伊莉絲不停發出嬌喘，全盤接受泰德的進攻。看來伊莉絲同樣有產生不同於昨天的感受。

泰德決定在擺腰的動作中增加變化。他不再單純地讓陰莖前後移動，開始試著大幅左右搖擺，或是畫圓旋轉，甚至嘗試以陰莖頸摩擦陰道上側，或者插進深處上下亂頂……

「咿、啊！呼啊啊啊啊！泰、泰德……！你是何時學到能這麼做……!?」

面對泰德意料之外的舉動，伊莉絲驚呼出聲。

「你這麼做……讓我感到更舒服……！啊、就是那裡～……！」

「妳說的那裡，就是我正在用龜頭摩擦妳裡面的上側嗎……？」

「唔、嗯……！那裡好有感覺……！算是最舒服的位置……？」

「我在春宮圖集裡看過……女性體內有個叫做『G點』的地方，那裡被刺激時會特別舒服……所以伊莉絲妳的就在這裡囉……？」

「這、這種事我哪知道嘛……！」

伊莉絲雙頰泛紅，害羞地把臉撇開。

「那我盡量往這裡頂……」

「等、泰德……咿嗯嗯嗯！」

泰德突然一改作風，開始用力地前後擺腰。目標正是伊莉絲的『G點』。

「啊、啊、咿！啊啊啊啊！」

伊莉絲發出遠比之前都更洪亮的呻吟。面對泰德忽然改變進攻方式，她一時之間適應不來。

「咿、啊！那、那裡……！好舒服！太舒服了……！啊啊啊！」

「很舒服嗎……？我也一樣……覺得比昨天……更舒服喔……！」

「真、真的嗎……？」

「是啊！啊啊！伊莉絲，伊莉絲，伊莉絲……！」

泰德呼喚著心上人的名字，不斷進行活塞運動。每當他用下半身撞向伊莉絲，包覆在胸罩裡的胸部就會跟著晃動，汗水和愛液隨之噴濺，凌亂的銀色秀髮在陽光下閃閃發亮。

泰德維持著凌厲的攻勢，同時摸向伊莉絲的背部解開胸罩，然後伸出雙手一把抓住裸露出來的乳房。

「啊嗯嗯！居然連胸部也不放過～……」

「果然胸部摸起來也比昨天舒服……我現在可以仔細觀察妳胸部的形狀、無瑕的肌膚以及乳頭的顏色……」

「你、你這個傻小子在胡說什麼啦~……！」

「伊莉絲的胸部……又大又漂亮，我很喜歡喔……！」

儘管泰德覺得這樣的感想過於直白，卻還是當場說出口，並且繼續玩弄伊莉絲的胸部。

比方說捏住乳頭、以畫圓的方式撫摸……或是含在嘴裡用舌頭舔弄。

當然擺腰的動作並沒有止歇，泰德執著地持續攻擊伊莉絲的『G點』。

「啊啊啊！咿、啊、啊、呼！像這樣上下同時被人玩弄的話~~！」

伊莉絲仰起身體發出呻吟。大概是內心逐漸被快感淹沒，她開始配合泰德的動作主動擺腰。

只要泰德對準『G點』往前頂，伊莉絲就像是想獲得更多刺激似地跟著擺腰。這反應給泰德帶來更多快感。

不久後，一股射精衝動襲向泰德的下半身。照這樣下去，不出幾分鐘就會射精了。

「呼~呼~……伊莉絲，我可以像昨天一樣……射在裡面嗎……？」

「都、都這種時候了……何必再問這些嘛～……」

「那個，即使昨天是迫於無奈，想說今後還是先跟妳確認清楚……」

「這問題……根本是多餘的……！我必須藉由你的精氣才能夠取回魔力……所以你就射進來吧，儘管在姊姊我的體內射出來……！」

「唔、嗯……！」

泰德彷彿最後衝刺地加快活塞運動，不斷嬌喘的伊莉絲也跟著快速擺腰。

兩人沒多久就迎向極限。

「我、我要射了……！」

「我、我也一樣……要高潮了！要高潮了啦！啊啊啊啊啊啊啊！」

伊莉絲猛然仰起身體，因為達到性高潮而不停痙攣。泰德也在同一時間射精，把滾燙的精液注入伊莉絲的體內。

「泰、泰德你大量的精液……全都……射進來了……」

「嗯……我在伊莉絲的體內……射了好多……」

泰德雙肩起伏地大口喘息，在斷斷續續射精的同時，輕聲回應著伊莉絲。

「呼～好舒服……伊莉絲妳的體內現在是既溫暖又柔軟……」

「居然一大早就做出這種事……果然是個小鬼頭……」

伊莉絲臉上的表情不同於措辭，她對泰德露出滿意的笑容，並輕輕撫摸著泰德的臉頰。

「畢竟昨天才剛做過一次，確實你是急著想幫我取回魔力才不得不這麼做，但如果每天都這樣的話，我的身體會吃不消，所以明天起還是用正常的方式起床吧……」

「嗯……不過我們今後都會一起睡……假使妳沒有改善自己的睡相……」

倘若每天早上都被伊莉絲這樣擁抱，就算泰德想忍住性衝動也無濟於事。

大概是被人戳中痛處，伊莉絲不禁回以苦笑，害羞地搔了搔臉頰。

「說、說得也是……啊哈哈……我會加油的……」

下個瞬間，伊莉絲的項圈便噴出白煙，並在上頭浮現出紅色文字。

2 戰況

「泰德王子，您也太晚起床了吧！究竟是在磨蹭什麼呢？」

泰德跟伊莉絲簡單用完早飯後，前往被指定為精靈族和人族共同開會的屋子，不過一踏進室內，等待他的竟是女僕索菲的說教。

「現在都已是早上十點半了！就算剛結束漫長的旅途，您仍得顧及自身立場，好好打起精神來才行！」

「抱、抱歉……！但是……」

泰德低頭道歉，同時像是想辯解似地與索菲對視。除了索菲以外，就連「王國」的護衛們跟聽令於伊莉絲的精靈們都在現場，正處理著擺放於桌面上的各種資料。

長年服侍泰德的索菲，單單看見主人的這個反應就已心領神會，於是走向泰德……不對，而是一旁的伊莉絲，仔細觀察她的頸部。

「……原來如此，二位一起床就立刻致力於解除儀式。這樣的態度確實值得讚許。想想還真是羨慕年輕人呢。」

「…………」

聽完女僕冷靜的評語，泰德羞紅著臉閉口不答。

也許是這樣的反應過於有趣，無論是護衛或精靈們都忍不住輕笑出聲。甚至有人拚命摀住嘴巴，憋笑到肩膀不停顫抖。

伊莉絲見狀後，深深地發出一聲嘆息說：

「……意思是直到我解開項圈以前，詛咒的解除進度都會暴露在眾人面前囉……」

「可以這麼說。不過伊莉絲大人您的詛咒解除進度，對我們來說也是相當重要的情報，像這樣與大家共享有著極大的意義。」

「這是哪門子的公開處刑嘛……」

「請放心，即使進度停滯不前，我們也不會冒出『啊、今晚似乎不順利喔』或是『啊、兩人最近邁入冷淡期』之類的想法。」

「那些想法只會令我們很困擾！另外冷淡期是什麼意思!?我和泰德並沒有交往喔!?」

「即使在性愛方面也同樣有著冷淡期，就是淪為制式化的行為，還請兩位要小心。那麼，泰德王子，關於今後的方針……」

「嗯，我恰好也想討論此事，不過你們在做什麼呢？」

「關於伊莉絲大人昨日擊倒的敵方騎兵隊，我們正在解讀從他們身上取得的文件，想說或許能藉此掌握一些新情報。」

索菲徹底無視伊莉絲的吐槽，針對泰德的問題給出答案。

「他們的遺體已埋在村落附近，至於搜刮來的文件相信能派上用場。」

「謝謝，那有發現什麼嗎？」

「在騎兵隊指揮官持有的文件裡，有一份是關於『帝國』全軍在艾爾菲納境內的部署位置。」

「這可是很大的收穫呢！只要掌握這項情報，就能找出敵軍的破綻……」

「很遺憾事情並沒有那麼順利。」

索菲拿起桌上的筆記，接著解釋說：

「『帝國』在艾爾菲納布下數以萬計的大軍，而且裡頭有著不同於尋常守城部隊，是專為鎮壓叛亂所設立的特殊單位，並將之稱為平亂軍。」

「平亂軍……還真是直白耶……」

「是的，該軍隊基本上是由其他部隊所組成，重點是他們在艾爾菲納境內各都市附近皆布下兵力達上千人的部隊，而且最近都沒有被安排其他任務。我們昨天交手的騎兵隊便是平亂軍的搜索部隊，他們的日記裡也有提到相關內容。」

「沒有安排其他任務？難道戰力很低嗎？」

「沒那回事，恐怕真是專為平亂所成立的軍隊，才沒被安排多餘的任務。換言之……」

「為了應對精靈們起兵造反，『帝國』特別安排一支戰力負責鎮壓……」

「是的。」

「這情況還真是棘手……」

泰德雙手環胸如此低語。

泰德他們之所以會潛入艾爾菲納，就是為了幫助精靈們起義，藉此從後方打亂「帝國」的陣腳。這麼一來，「帝國」派往前線的戰力就會被引來艾爾菲納，讓擔任主力的「王國」軍能夠扭轉頹勢。

可是「帝國」已提前部署名為平亂軍的鎮壓部隊，在此情況下起義只會引來平亂軍，不會對「帝國」的主力軍造成影響。

「……平亂軍整體上都是些蝦兵蟹將，我們與對方交手過好幾次，也接連打贏了好幾場勝仗，而且都在我不能使用魔法的狀態之下。」

伊莉絲懊惱地握緊雙拳，繼續把話說下去。

「但也僅止於此，因為『帝國』是將前線那些過於疲倦或士氣低落的士兵們編入平亂軍，所以不管我們打倒多少敵軍，兵力都會立刻得到補充。在我方以寡擊眾的情況下，倘若這個據點被發現，馬上就會遭到圍剿。」

伊莉絲彷彿過來人似地說明敵方的動向，恐怕她已多次經歷過這種狀況了。

「而且自戰場歸來的士兵們大多都對娛樂與性愛特別飢渴，再加上『帝國』人只把我們精靈族當成奴隸的來源，對我們是毫不手軟，倘若被他們抓住……絕不會有好下場。」

「那個，關於這部分我有一個疑問。」

泰德舉手向伊莉絲提問。

「伊莉絲，為何妳在遭到攻城時會被『帝國』軍抓住呢？從妳昨天施展魔法的威力來看，理當可以突圍逃走……」

伊莉絲懊惱地咬緊牙根說：

「……敵軍把我們的人民抓去當人質，威脅我只要膽敢抵抗，被捕的精靈們都會沒命，我當時自然沒有選擇的餘地……」

「這樣啊……抱歉，讓妳說出這種痛苦的事情……」

「你不必放在心上。只是倘若又面臨相同的威脅，我有可能會再次向敵軍屈服。就算我現在是反抗軍的指揮官，依然想保住身為艾爾菲納公主的堅持。不管發生什麼事，我都無法對子民們見死不救……」

「但您要是沒有起義反抗，沒能設法重挫敵軍的話，艾爾菲納將繼續遭『帝國』統治，淪為奴隸的精靈們也會活在水深火熱之中……說來真是矛盾呢。」

聽完索菲針對現狀的總結，伊莉絲暫時陷入沉默。伊莉絲自己恐怕也很清楚這樣的心態是自相矛盾。

「……也就是說，我們的工作是盡可能降低精靈族的傷亡，同時也得成功起義……最終目標是設法讓艾爾菲納的百姓們重獲自由。」

「泰德王子？」

索菲詫異地望向泰德。伊莉絲也大感意外地注視著泰德。

大概是泰德突然以成熟的語氣拋出這段話。

不過泰德沒有多加理會，接著開口說：

「敵方的戰力十分強大，並且一直讓負責鎮壓的軍隊養精蓄銳，半吊子的起義只會被這支戰力迅速鎮壓。外加上把事情鬧大的話，難保敵人會對成為奴隸的精靈們展開報復……差不多就是這樣對吧？伊莉絲。」

「沒錯。」

「敵人肯定十分提防伊莉絲妳，要不然就不會給妳戴上這種能封印魔法的項圈。一旦他們得知妳可以使用魔法，難以想像會採取何種行動，因此不能輕易派妳上前線，必須把妳當成『關鍵時刻才准動用的殺手鐧』。」

「…………」

伊莉絲沒有回答。

假如片面解讀泰德的話語，表示縱使伊莉絲透過跟泰德性交成功解開詛咒，也無法在戰場上發揮魔法的優勢。

當然以『關鍵時刻才准動用的殺手鐧』而言，沒有比伊莉絲的魔法更有效的手段，不過兩者無法混為一談。

明明解除詛咒一事已燃起希望……不難想像伊莉絲在聽見這些話後會感到多麼氣餒。

可是泰德的表情沒有蒙上一絲陰影，反倒顯得信心滿滿。

「因此我從昨天就一直在思考，該如何在讓伊莉絲保留魔法之力的前提下對抗『帝國』。」

所有人都吃驚地看著泰德。畢竟任誰都沒有料到，泰德已將這場戰爭看得如此透徹。

泰德對眾人的反應略感不滿，卻只是清了清嗓子便繼續說：

「在來到艾爾菲納之前，我有先前往『王國』首都的圖書館，把曾經面臨類似艾爾菲納眼下狀況的國家跟組織等相關文獻翻閱過一遍。其中有不少像伊莉絲妳們這樣陷入進退兩難的情況，最終被敵軍抓住把柄而敗亡的紀錄。」

泰德環視眾人一圈。

「我是為了勝利才站在這裡，並不打算重蹈覆轍。若想拯救『王國』和艾爾菲納，幫助伊莉絲妳脫離苦海的話，我非得絞盡腦汁運籌帷幄不可。」

「……原來如此。而您最重視的部分，就是伊莉絲大人的安危吧。看來在經歷昨天的解除儀式，也就是您和伊莉絲大人性交後終於做好覺悟……讓您蛻變成現在這樣。明明直到昨天以前，您都是一副擔心害怕的樣子。」

「抱、抱歉讓你操勞了……！但我也無法否認……！」

「換言之，泰德王子您在昨日從少年變成一名大人。身為您的女僕當真是感到非常欣慰，同時也覺得有些寂寞。」

「你、你就別在那邊調侃我嘛……！沒看見伊莉絲也很困擾嗎……!?」

泰德藉由大聲反駁來掩飾心中的害臊。至於伊莉絲則是露出不知該如何反應的表情。

「總之，現在需要能實現我剛才總結出來的具體方案，而我也姑且想好備案了。」

「你的備案是……？」

泰德在聽見伊莉絲像是想求救似的提問後，點頭回應說：

「伊莉絲，方便請妳說明一下淪為奴隸的精靈們目前是何種處境嗎？我知道要妳回答這個問題很痛苦……但內容事關重大。」

「……一部分的精靈們被『帝國』市民買去當奴隸，大多數則是住在被稱為精靈集中營的地方。」

伊莉絲斂下眼簾，開口回答泰德的請求。

「並且被迫在鄰近的工廠跟農田等地方做苦力。當然生活環境是極為惡劣。」

意思是「帝國」把精靈族視為勞動力……泰德緊接著提出另一個問題。

「在那些精靈之中，有沒有打算起義反抗……就算沒有這種雄心壯志，但至少願意為了自保而主動想做點什麼的精靈嗎？」

「抱持這種想法的精靈自然不在少數。我是有認識幾位率領這類組織的領導者。」

伊莉絲重重地嘆了一口氣。

「不過這些人的處境相當嚴峻，光是活下去就已拚盡全力，我實在沒辦法要求他們加入反抗軍或挺身對抗『帝國』。」

「這群精靈是否有將武裝暗藏在某處呢？」

「為了以備不時之需，在這方面付出心力的精靈自然很多，但那當真是最終手段……恐怕只有『帝國』決定摧毀集中營，他們自知無路可逃時才會動用。畢竟隨意引發叛亂，也只會無疾而終。雖然不同於我的情況，但也是最後關頭才能動用的殺手鐧。」

「這樣啊……那我想應該還有機會才對。」

「此話怎說……？」

「其實我有一個點子。」

3　王子的計畫

「伊莉絲，妳找我（僕）來這裡想做什麼？」

於伊莉絲所在據點的貝爾法斯特森林……與其相隔數公里遠的莫納亨森林中某條小路上，傳來這股嚴肅的聲音。

「妳在這個節骨眼上約我見面……難道不曉得我們為了回應妳的要求，得背負多大的風險嗎？」

說話之人是戴著黑色帽兜，擁有一頭金髮的精靈少女。

此人長得比伊莉絲嬌小，容貌偏中性，從某個角度看上去也像是一名男性。從她使用的第一人稱來看（註1），不難猜出她有著相應的個性。

在這位外表中性的精靈身後，站著數名應該是其同伴的精靈們，並且同樣頭戴黑色帽兜。

泰德跟伊莉絲率領數名人族護衛和精靈們，站在這群人的面前。此刻已是深夜，周圍皆籠罩於黑暗之中。

註1　「僕」在日文中屬於男性常用的第一人稱。

「……這些我都知道，畢安琪，真的是非常抱歉。」

伊莉絲坦率承認自己的過失。

「但還是希望妳先聽我說，關於這邊這位來自『王國』的王子所想出的計畫。」

「他不就跟『帝國』一樣都是人族嗎？妳太天真了，伊莉絲，人族根本不值得信任。我們在這數年來，理當已一再體認到這個事實不是嗎？」

此人的眼中燃起熊熊的憎恨之火。泰德光從眼前之人的表情與談吐，便能想像出她對自己抱持怎樣的情感。

畢安琪・修密特——

她就是生活在莫納亨森林附近，也就是前艾爾菲納都市馬薩姆內的精靈集中營裡……負責率領該處精靈們的領導者。

位於馬薩姆的精靈集中營收容超過三千名的精靈，他們幾乎都在集中營旁邊的紡織工廠或軍工廠裡工作。

聽說集中營的占地就跟個小村落差不多大，多達三千名的精靈們只能擠在該處生活。想當然衛生環境相當惡劣，因此生病的精靈不計其數。

該集中營裡絕大多數都是老弱婦孺，男精靈們則是全送往其他集中營，被迫從事更操勞的苦力……比方說挖礦、修建水道等工作。

由於他們都是「帝國」、也就是隸屬於國家的奴隸，因此完全沒有薪水，每日配給精靈們維持體力的基本伙食，就是他們保住性命的唯一依靠。

畢安琪就是從這種地方躲過「帝國」的監視，特地來到這裡與泰德等人會面。根據伊莉絲所言，畢安琪曾答應會和她攜手對抗「帝國」。

不過「帝國」的管理越來越嚴格，再這樣下去恐怕會無法保障集中營內精靈們的安全，因此畢安琪決定暫緩合作的約定，於是兩人的關係才漸行漸遠。

她們之間並非交情出現裂痕，可是畢安琪不得不優先考慮受困於集中營內精靈們的性命……也就是提防敵人對他們展開報復。反觀置身於集中營外，可以無須擔心這點放手戰鬥的伊莉絲，兩人會意見分歧也是在所難免。

從上述背景來考量，也難怪畢安琪被伊莉絲透過線人找來這裡會大表不滿，並對人族抱有極度的不信任感。就算「王國」跟「帝國」互相敵對，她肯定還是不想看見人族的臉。

可是，泰德不得不將畢安琪找來談談。

伊莉絲在畢安琪那充滿負面情緒的視線之中，張開雙手試圖想幫忙安撫。

「……我明白自己很天真，妳我身上背負的重擔並不相同……不過拜託妳至少先聽我解釋。」

「聽妳解釋？反正妳就是想要我聽聽『王國』王子的說詞吧？然後要求我們和妳聯手抗敵不是嗎？我的答覆跟以前一樣，我們集中營裡的精靈們並不打算為了實現大義而犧牲性命。」

「……這點對我來說也是一樣，所以能請妳聽我一言嗎？記得你們得趕在天亮前返回集中營吧？請放心，我會長話短說的。」

泰德從旁插嘴。

畢安琪先是顯得有些詫異，但很快就恢復冷靜說：

「好吧，你對我們有何要求？是起義叛亂呢？還是設法逃出集中營跟你們會合？」

「我明白這兩種要求都是強人所難。如果你們起義叛亂，將會立刻遭到『帝國』的平亂軍鎮壓。就算想逃出集中營，偏偏敵人對你們相當警戒，成功率是非常低，即便當真有機會脫逃，終究不能對孩童或老人見死不救。就算是我們『王國』，也不曾狠心考慮過要強迫你們這麼做。」

「既然你連這些都知道的話，那你……」

「因此我們會運送武器跟糧食給你們，請你們做好起義的準備。」

畢安琪驚訝得瞪大雙眼，因為泰德的回答完全超出意料之外。

泰德面不改色地繼續說明。

「『王國』正暴露在『帝國』凌厲的攻勢之下，實在無力調派援軍，武器與糧食的運送也同樣如此。這麼一來，此工作就由我們反抗軍來完成。總之，請你們務必要努力生存下去，做好隨時能響應起義的準備。若有任何需要的物資，我們會盡量提供的。」

「……意思是要我們暫且忍辱負重，等待時機成熟是嗎？不過想讓集中營裡的三千名精靈都願意一戰，光靠武器和糧食實在是……」

「畢竟一旦遭平亂軍鎮壓，大家就是死路一條吧？諸位的顧慮非常合理，因此我們要掀起一場規模大到平亂軍無力應付的起義……也就是大規模起義，讓反抗軍能一舉光復艾爾菲納所有的都市。」

畢安琪原本顯得有些手足無措，卻很快就換上冷靜思索的表情回說：

「確、確實如此大規模的起義，平亂軍肯定無力應付，屆時或許就能起義成功，但為了實現這點……」

「沒錯，不只是馬薩姆，包含其他都市在內，我們非得將此事傳達給各個集中營的領導者不可。當然對象必須是值得信賴的精靈。」

「當平亂軍無力應付時，最終還是會碰上『帝國』的主力軍，我方到時該如何應對？這樣終究改變不了慘遭鎮壓的下場喔？」

「的確很可能會出現這種情況。」

泰德毫無顧慮地點頭附和。

倘若發生平亂軍無法處理的狀況時，「帝國」自然會調回攻打「王國」的遠征軍，或是召集原本就部署於「帝國」境內的守軍來到艾爾菲納，藉此平定這場叛亂。

不管怎麼說，這對正在跟「帝國」血戰的「王國」是十分有利的軍事支援。理由是像這樣調動大軍，將會消耗大量的金錢和物資，「王國」便有機會一舉扭轉戰局。

不過為了實現這點，反抗軍得在「帝國」主力軍回防時維持住戰力才行。假如只是大規模的起義行動，最終還是會被後續殺到的「帝國」主力軍逐一鎮壓。

「為了應付這個情況，有必要強化反抗軍的戰力。其中一環，就是得設法解開伊莉絲身上的『詛咒裝束』。」

關於「王國」協助伊莉絲解開詛咒一事，之前已知會過畢安琪，不過詳細方法則未曾透露。

「……原來如此，這樣的話確實可行。」

畢安琪陷入沉默數秒後，坦率地點頭認同。

「伊莉絲的魔法有多麼厲害，我可是再清楚不過。我和伊莉絲是老交情，如果她全力施展魔法，絕對能一口氣擊垮『帝國』的蝦兵蟹將。」

「是的。只不過單單仰賴伊莉絲也是個問題，必須先想好其他備案。伊莉絲對我們來說既是殺手鐧，同時也是重要的同伴，無論如何都不能失去她。」

「重要的同伴……嗎……」

這句話聽起來別有深意。泰德對此感到有些在意，不過畢安琪在他開口反問前接著說：

「伊莉絲對我而言也是重要之人，儘管至今基於立場不同才各自為陣，但我對她的敬愛之心從未減退過。單就這點來說，相信我們能成為同伴。」

「那麼……」

「我們會接受你的提案，設法保存起義用的武器與食物。」

畢安琪點頭同意了。

「不過我們是否響應起義，將會根據你們的戰力提升至何種程度來判斷。畢竟就算戰勝平亂軍，要是沒能打贏『帝國』軍主力的話，起義仍會以失敗收場。」

「我知道了。那我們今後會透過線人，將武器跟食物送至馬薩姆的精靈集中營內。若是需要醫療用品也能幫忙準備，當然你們要小心別被敵人察覺。」

「……醫療用品著實是幫了大忙。對於疫情的蔓延，我們實在是無能為力。」

此話足以證明集中營內的衛生狀況非常惡劣。畢安琪在提及此事時，神情也顯得相當痛苦。

「另外……倘若可行的話，提供的武器最好是沒接觸過戰爭的女性和孩童也有辦法使用的。你有什麼好點子嗎？」

「『王國』有一種武器叫做長弓。雖然比較難駕馭卻易於量產，短期內就能湊齊數量。我們已請據點裡的人員幫忙製造。」

「在沒有設計圖的情況下，製造起來不會太花時間嗎？」

「我把設計圖從『王國』帶來了。」

「……原來如此，表示此事也早在你的預料之中。包含只能透過大規模起義才能夠光復艾爾菲納的結論在內，你早就全都想到了？」

「綜觀歷史，精靈引發叛亂成功的案例是寥寥無幾，絕大多數都是規模有限的叛亂，因此只取得相當有限的成功，最後都是慘遭敵人鎮壓收場。想完成叛亂的正確答案就是從頭到尾都採取精兵戰略，要不然就是引發規模大到足以顛覆戰局的叛亂。」

「這樣啊……」

畢安琪感佩地如此低語。大概是沒料到年紀輕輕的泰德，居然將起義一事思考得如此透徹。

老實說，就連一旁的伊莉絲也有相同感受。

直到今早在會議裡聽見泰德親口說出這項計畫……對於泰德縝密的心思，確切說來是他為了打贏這場戰爭所想出的妙計，令伊莉絲不得不對他徹底改觀。

照此情形看來，泰德根本不是自己原先所想像的『小鬼頭』……

畢安琪與如此心想的伊莉絲對視後突然放鬆表情，再次將目光對準泰德。

「我認為你的判斷非常正確。伊莉絲，看來你和這位頗有出息的少年結下關係匪淺的羈絆嘛。」

「是啊，我也這麼認為……咦！關係匪淺的羈絆!?畢安琪，難不成妳已經……!?」

「喲～沒想到真被我料對了。其實我也只是想套話罷了。」

「……！」

伊莉絲因為害羞與懊惱氣得柳眉倒豎。泰德則露出一副不知該作何反應的樣子。

「我小時候曾聽曾祖母說過人族裡有個專門用來折磨精靈族，名為『詛咒裝束』的道具，解除方法是必須吸收人族的精氣。而其中真正的含意是直到我長大成人才終於明白……原來如此，看來你們已是那種關係了。這還真是耐人尋味。」

「又、又沒關係!!這一切都是為了打倒『帝國』！我並沒有與泰德成為情侶！對吧!?泰德!!」

「唔、嗯……」

泰德略顯落寞地點頭肯定。說實話，他的夢想就是和伊莉絲交往……

畢安琪在觀察完泰德與伊莉絲的反應後，臉上的表情是更加放鬆了。

「原來如此。泰德弟弟，我在此給你一個小小的建議。」

「等、畢安琪……！」

畢安琪無視伊莉絲的抗議，湊近泰德的耳邊壓低音量說：

「你知道精靈族有個不同於人族的敏感部位嗎？該部位對伊莉絲來說尤其敏感，我小時候為了逗她，經常玩弄她的那個部位。」

「咦、咦咦咦咦!?」

「精靈只會讓真正的親近之人撫摸該處。只要你在床上進攻伊莉絲的該部位，我相信你們一定可以發展出更深入的羈絆。」

「妳說的到底是哪裡呢……？」

「這就不便從我的嘴裡給出答案，你得靠自己去找找看。憑你的聰明才智，一定馬上就能看出來了。」

「這、這樣啊……謝謝妳的建議。」

儘管能得到關於伊莉絲的情報是很高興，不過泰德聽得一頭霧水。

「其實我比起異性更喜歡同性，很遺憾伊莉絲與我是不同類型的人，所以我很早就放棄追求她，但我從小就覺得如果能夠成為她的伴侶，將是自己畢生最大的幸福。因此我打從心底希望伊莉絲能得到幸福，既然你想和她發展出更深入的關係，我很樂意見到你在那方面為她帶來更多歡愉。」

「原、原來如此……」

因為這段自白來得猝不及防，泰德被嚇得想與畢安琪保持距離，但又願意去回應對方的心願。

「嗯，假如你的同伴之中有著與我同樣癖好的人，希望你可以幫忙介紹。畢竟這類人在精靈裡屬於少數，多少令我活得不夠自在。」

「喔……想想妳的情況和我家女僕有些相似耶？」

「有些相似……？難不成你的女僕也同樣是喜歡同性的女性嗎？」

畢安琪瞄了一眼站在泰德身後的索菲，兩人恰巧四目相交，索菲不禁回以一個困惑的表情。

「不是的……其實索菲是男性，因為去勢才男扮女裝。在『王國』中服侍王室的女僕都屬於這種人，因此我才想說你們挺相似的。」

「……少年，很抱歉你誤會了。雖說有點相似，實際上卻是大相逕庭。」

「……？」

這次換成泰德露出困惑的表情……畢安琪見狀後，像是十分傷腦筋地用手指抵著自己的額頭，再也沒有提及這個話題。

4　裝完大人之後

「呼～……累死我了……」

泰德一回到昨夜與伊莉絲同床共枕的寢室，立刻踩著不穩的腳步走向床鋪，並直接趴倒在床上。

「等……你、你怎麼了!?泰德!!瞧你剛剛還表現得很鎮定呀……」

伊莉絲大驚失色地表示關切。原因是在結束與畢安琪的談判後，一行人順利返回據點……直到跟其他同伴分開之前，泰德看起來並沒有任何異樣，從頭到尾都維持著相當成熟的態度，可靠得不像是一名十多歲的少年。

但他一踏入寢室……不對，是和伊莉絲兩人獨處的瞬間，就宛如解除狀態似地徹底放鬆下來。

泰德對於自己這種不中用的心態露出苦笑。

「耶嘿嘿……因為跟畢安琪談判時消耗太多心力……繃緊的神經在這一刻已徹底斷掉了……」

「原來你當時很緊張呀？虧我還很佩服你居然變得那麼出色……」

「純粹是我打起精神而已。另外父王和皇兄們也告誡過我，在與立場相左的對象談判時絕不能示弱……」

「這樣啊……看來你私底下依然是個『小鬼頭』。」

伊莉絲像是放心似地露出微笑，泰德卻略顯不滿地嘟起嘴巴。

「伊莉絲……妳這麼說是什麼意思？」

「一如我字面所言，無論是你對這場戰爭已有自己的見解，或是跟畢安琪談判時出色地以理去說服對方等等……令我不禁覺得這樣的你有點能幹過頭，結果原來是你很努力在裝大人，令我稍微鬆了口氣。」

「我、我可是為了讓妳安心才這麼努力耶……」

「啊哈哈，抱歉抱歉，看你為了我跟我的祖國這麼盡心盡力，我是打從心底感到非常高興。身為艾爾菲納的公主，我對你真的是感激不盡。」

「唔、嗯……」

雖說泰德有點難以接受伊莉絲對自己的見解，不過她那直率的感謝又令人十分高興。

想與伊莉絲發展出對等的關係似乎仍是前途坎坷，但能聽見她像這樣開口對自己道謝，泰德很樂意繼續履行這項職務……

伊莉絲來到泰德的身旁坐下，接著將目光飄向房間的角落，略顯難以啟齒地提問說：

「那個……今晚要怎樣呢？距離早上因為一時衝動做到最後才沒過多久，外加上看你好像很累……還是就先克制點？」

「咦……」

這是在詢問解除儀式……也就是要不要來滾床單的意思。基於今早才做過一次，泰德原本也考慮今晚就暫且作罷……

伊莉絲依舊將視線撇向一旁，卻扭了扭身子接著說：

「因為今天承蒙你許多照顧，我是很樂意給你各種福利喔？那個，反正直到詛咒完全解除之前，也必須不斷重複這類行為……」

也不知道是發生了什麼好事，伊莉絲今晚似乎對泰德特別包容。

另外……

（畢安琪的那番話頗令我在意……）

就是關於精靈族特有的敏感帶，只要進攻該部位，似乎能讓伊莉絲產生更多快感的建議。

（也、也不清楚她是指哪裡，到時就只能來嘗試看看……）

話雖如此，突然這麼做難保會惹怒伊莉絲。既然伊莉絲表示會給自己各種福利，不如眼下先將主動權交給她，等到告一段落就……

「嗯……那就請妳多多指教囉？」

「交給我吧。那就先一起去洗澡，之後再……」

5　姊姊的性服務

「伊、伊莉絲，這樣就好了嗎……？」

兩人一起把身體洗乾淨後，泰德全身赤裸地坐在床上。

眼前則是跪坐在地板上的伊莉絲，此刻的她也同樣一絲不掛。

由於才剛洗好澡，伊莉絲的秀髮還相當潮溼，柔嫩的肌膚上遍布著無數水珠，模樣更是性感火辣。

水珠沿著豐滿的胸部往下滑，自乳尖化成水滴落下。對泰德來說，這幕光景實在是太刺激了。

拜此所賜，泰德的陰莖早已充血，一柱擎天地展現雄風。

而且伊莉絲那張絕美的臉龐，就在肉棒的正前方。

畢竟洗澡時有仔細清洗過，相信應該不會有怪味……

「沒錯，我這就來讓你舒服，你只需維持這個姿勢即可。」

「讓、讓我舒服？妳想怎麼做呢……？」

「你別問，剩下的儘管交給姊姊我吧。」

語畢，伊莉絲嫣然一笑，而且是泰德一直以來十分崇拜，伊莉絲以『長姊』之姿展現出來，總是充滿自信的那個笑容。

不過上述形容也只是表面上，其實伊莉絲在這瞬間的心情是恰恰相反。

（儘、儘管是我強行讓情況演變成這樣，不過當真沒做錯吧……!?）

伊莉絲單純是強裝鎮定，事實上她根本壓抑不住心中的動搖。

（所謂的口交……應該是這麼做沒錯吧。就是用舌頭去舔×雞，或是以嘴巴含住它不斷磨蹭，藉此讓男性感到舒服……雖然古文書內是這麼記載，但我實在沒什麼把握……！）

畢竟距離伊莉絲的初體驗只過了一天，而且對她來說與胞弟無異的泰德，此刻將完全勃起的陰莖展現在眼前，也難怪伊莉絲會大感動搖。

（不過泰德今天是那麼努力，所以我不能輸……必須跟他一樣好好加油才行……！）

泰德今天一整天裝成熟的舉動對伊莉絲而言，除了感到十分詫異以外，也令她覺得自己真是太窩囊了。

伊莉絲至今也有靠自己思考過對抗「帝國」的各種方案，卻不曾構思出真能光復艾爾菲納的可行之計……比方說泰德今天對畢安琪提出的大規模起義計畫。

說難聽點就是伊莉絲陶醉於對抗「帝國」的自己，就此讓思考停滯也說不定。

反觀泰德提出明確的具體方案。伊莉絲聽說自己在離開「王國」以後，泰德仍繼續努力鑽研兵法，於今日如實展現出成果。

因此伊莉絲想報答泰德，慰勞他至今所付出的努力。

於是決定挑戰自己在古文書裡學到的性知識‧『口交』。

（雖、雖然泰德並非我的愛人，我也沒飢渴到想把泰德的×雞含進嘴裡，但我就只想得到這種方法來慰勞他，更何況這是解開詛咒的必經之路，所以我也是迫於無奈，嗯……！）

伊莉絲在說服自己之後，再次望向泰德的陰莖。

縱使已是馬後炮，伊莉絲仍舊十分懷疑在跟泰德性交時，自己是如何讓這般雄偉之物進入體內。可是看著因割過包皮而將陰莖頸完全露出，正不斷微微痙攣的眼前之物，伊莉絲不禁聯想到哪來的小動物，莫名覺得它惹人憐愛。

（那就……先用舌頭舔舔看吧……）

伊莉絲生硬地嚥下口水，做好覺悟便將伸出的舌頭緩緩接近陰莖。

當舌尖接觸到龜頭的瞬間，舌頭傳來一種獨特的粗糙感，龜頭也隨之抖了一下。

與此同時，類似乳酪的氣味竄進鼻腔裡……是屬於雄性的味道。泰德似乎已仔細清洗過，但終究無法徹底消除這股氣味。

伊莉絲宛如化身成一隻正在舔牛奶的小貓，輕輕舔弄著泰德的龜頭。

舔，舔舔，舔……

「啊、唔、咿、啊！伊、伊莉絲……！」

泰德百感交集地呼喚著伊莉絲，很明顯正在拚命壓抑扭動身體的衝動。

「泰德，你舒服嗎……？」

「唔、嗯……！有著獨特粗糙感的舌頭正不斷刺激著我的敏感部位。那個，這真的……真的真的非常舒服……！」

「跟我的下面相比，哪種更讓你舒服呢？」

「這根本不能拿來比較！因為兩種都太舒服了……！」

「這、這樣呀……」

因為自己只是負責去舔，無法體會這給泰德帶來何種感覺。不過按照泰德的反應，可以肯定這不是場面話。

「那我就努力讓你舒服喔。」

「……！啊、那邊……那邊……！」

伊莉絲大幅度地舔弄龜頭下側的突起處。古文書有提到該處是男性的敏感帶。與此同時，伊莉絲用右手輕輕撫摸整根陰莖以及陰囊周圍……這也是記載於古文書裡的技巧之一。

「伊、伊莉絲……！啊、啊！啊！啊啊啊……！」

泰德已經沒辦法說話，只能不斷發出呻吟。

（這、這感覺……還挺不錯的……！）

光靠嘴巴就讓泰德這位少年產生快感，並且興奮到不斷掙扎……這給伊莉絲帶來前所未有的優越感。

（拜此所賜，我也跟著情慾高漲……）

伊莉絲摸向自己的下腹部……甚至直接用指頭撫摸陰道口，發現該處已愛液氾濫，整個都溼透了。甚至陰蒂也徹底充血，呈現腫脹的狀態。

（討厭，我只不過是在舔弄泰德的×雞……就這麼有感覺了……!?）

伊莉絲至此才注意到泰德那不斷刺激鼻腔的雄性氣味，如今已令她沒那麼在意，真要說來是漸漸對那股氣味欲罷不能……

（總覺得性愛……就跟毒品沒兩樣……）

如此心想的伊莉絲，開始針對口交的方式增加變化。比方說用舌頭舔弄整根陰莖，或是連續親吻龜頭，要不然就是舔向尿道口……

「嗯、親、呼、親、啊嗯……」

「伊、伊莉絲……！那裡也……好舒服……啊啊唔……！」

隨著時間過去，伊莉絲也沉浸在口交之中，她完全忘了說話，聚精會神地舔弄著泰德的肉棒。原因是一改變口交方式，就能令泰德產生不同的反應，對伊莉絲來說也是一種快感……令她逐漸慾火焚身。

（我開始渴望泰德的這個能趕緊插進來……想跟泰德合為一體……）

伊莉絲能感受到溼滑的愛液不斷從陰道流出來，而且內部的肉壁正不停抽搐。

（在此之前，還是先讓泰德舒服吧……）

「泰德，你要射精了嗎……？」

「唔、嗯……其實我從剛剛起就一直……很努力在忍耐……」

「那就趁現在換個有別於早上的體位……」

「等、等一下……！我現在想先用妳的嘴巴射精……繼續維持這樣就好……當然可以的話，希望是更刺激的方式……！」

（更刺激的方式……!?老、老實說也不是沒有啦……但需要鼓足更多勇氣……）

伊莉絲暗自點了個頭，先停下舌頭的動作，緊接著大大張開嘴巴，將泰德的陰莖引導至口中。

「啊……！」

泰德因為這股未知的感受而發出不成聲音的呻吟。

反觀伊莉絲也被這種前所未有的感受給驚呆了。

（這就是……這根×雞真正的形狀……）

把肉棒完全含入口中的行為，幾乎已顛覆伊莉絲的常識……但她不知為何對於正在侵犯自己口腔的硬物，產生出一股憐愛之情。

（這就是昨晚……讓我成為女人的東西……）

伊莉絲冒出某種類似感恩的念頭，開始前後擺動自己的脖子。這也是從古文書裡學來的動作。為了讓動作更加流暢，她將唾液囤積在嘴裡。

吸吮，吸吮，吸吮，吸吮……

「伊、伊莉絲……！這樣……也好舒服……！我快受不了了……！啊、啊！呼啊啊啊！」

泰德一如其年紀坦率地表達出自身感受。大概是過於舒服的關係，沒多久他就開始主動擺腰。

伊莉絲對於如此反應的泰德，以及塞滿自己嘴裡的陰莖心生憐愛，開始在動作上增加變化。她不再只是用嘴巴磨蹭肉棒，還試著以舌尖舔弄龜頭，或是伸出雙手去愛撫泰德的身體……

「嗯、呼、噗、呼、嗯呼……」

吸吮吸吮吸吮……吸吮吸吮……吸吮……

「啊、啊、啊！伊莉絲！我快要忍不住了！要射精了……！可以直接射進去嗎……？能直接射在嘴巴裡嗎……!?」

泰德似乎是拚了命忍住射精衝動，以飛快的說話速度大聲請求。

至於持續用嘴巴愛撫的伊莉絲，也被泰德的話語給嚇到了。

（射在嘴裡⁉意思是要我用嘴巴接下精液嗎？這種事我辦得到嗎……⁉）

相信是辦得到吧。古文書裡有提到人族跟精靈族的精液同樣都帶有苦味。感覺上應該承受得住。

不過接下來該怎麼做？是吐出來呢？還是要嚥下去？古文書上是有說喝下去並不會對身體造成負面影響，問題是得把又熱又苦的黏稠液體嚥下去……

（若是拒絕的話，似乎無法達成雙方締結深厚羈絆的條件……既然如此……）

伊莉絲擔心不斷受射精衝動煎熬的泰德，於是稍微放慢口交速度回答。

「嗯……來、來吧……你就射在……嘴巴裡……我會全部……喝下去的……」

「咦……？可、可是精液並不乾淨吧……⁉我沒有想逼妳做到這種地步……」

「剛、剛剛是你說想射在嘴裡呀……嗯呼，沒必要這般嫌棄吧……」

「但是……」

「你放心……一切都……交給姊姊我吧……」

「抱、抱歉，伊莉絲……！那我就……！」

「嗯噗……！喝、喝喝麼或（你怎麼就）……！」

泰德用雙手扶住伊莉絲的頭，開始激烈地用力擺腰。伊莉絲像是想回應泰德，也跟著加快口交速度。

沒多久便感受到泰德的龜頭漸漸脹大，前端也溢出些許帶有苦味的東西。

（難不成這就是……古文書裡提到的忍耐液……!?）

這表示距離射精已經不遠了……在伊莉絲如此心想的瞬間——

「伊莉絲，我要……射了……!我要在妳的嘴裡……射了……!」

「嗯、呼，嗯噗!嗯……嗯呼～～～～～～!」

射精!射精射精……!

泰德的白濁液體一口氣灌進伊莉絲的嘴裡。這黏稠的液體灼熱到彷彿快把口腔燙傷，感覺上就像是哪來的滾燙熔岩。陰莖也如同正在噴發的火山般，不斷抽搐抖動著。

射精射精!射精……!

「呼、啊唔……嗯、嗯呼……嗯……」

射精並非一次就結束，而是斷斷續續地又射了二至三次。每一次都有灼熱的精液湧進伊莉絲的喉嚨。

持續數秒之後，射精才終於宣告結束。

伊莉絲就這麼被依然含在嘴裡的精液，以及接連噴出的精液塞滿嘴巴。從嘴角

漏出來的白色液體緩緩流到下巴，這畫面著實是非常煽情。

（沒、沒想到泰德……居然射了這麼多……！）

伊莉絲也被泰德大量的射精給嚇到了。雖說嘴裡有著十分強烈的異物感，但她還是忍住了想吐掉的衝動。

（精液果真是……又燙又苦……但我非得全部嚥下不可……）

「伊、伊莉絲……？」

從小宛如親姊般十分照顧自己的精靈，用嘴巴承受自己射出的所有精液……泰德像是對此產生罪惡感，於是擔心地呼喚著。

伊莉絲以手勢請泰德稍微等待片刻後，才慢慢把嘴巴從陰莖上移開，接著她用手摀住嘴巴，一次又一次地把含著的精液嚥下去。

……老實說精液很容易卡在喉嚨裡，想全部嚥下去還滿累人的，因此伊莉絲覺得自己無法連續承受太多次。

不過這都是為了解開詛咒，是為了光復祖國，同時也是為了泰德……

「嗯唔，嗯唔，嗯唔唔……噗哈～……！終於都喝下去了……咳咳！咳咳！」

將殘留在嘴裡的精液全都嚥下之後，伊莉絲稍微咳了幾聲。總覺得喉嚨已達到極限了。

「伊、伊莉絲……！妳不必做到這種地步的……！」

伊莉絲用手將嘴邊的液體擦乾淨，像是沒什麼大不了似地回答說：

「雖說精液是有點苦啦……怎麼樣？你有舒服嗎？」

「唔、嗯，我舒服到彷彿快升天了……伊莉絲的技巧真好……」

「是、是嗎……？這樣的話，姊姊我倒是挺高興的喔～？」

第一次口交就得到如此肯定……有別於從嘴裡說出的話語，伊莉絲的心情有些複雜。

「不過我都做到這種地步了，相信應該能夠解開詛咒才對。別看我這樣，只要有心還是能辦到的。」

「唔、嗯……伊莉絲真的好厲害呢……」

「對吧？所以儘管包在姊姊我身上……咦，怎麼會……？」

伊莉絲突然注意到某個異物。

其實泰德的陰莖在脫離伊莉絲的嘴巴後是有萎縮，但很快又重振雄風。

由於口交後沒有做後續清理，泰德的龜頭上滿是精液與伊莉絲的唾液，在照明之下閃閃發亮。

於是伊莉絲賞了泰德一道白眼。

「泰德……你這小子怎會這麼容易對我發情嘛。」

「我、我也沒辦法啊……！誰叫伊莉絲妳那對美麗的胸部就在眼前，再加上看妳那麼努力嚥下我的精液……！」

「原、原來如此……」

對於一名十多歲的少年而言，就連看見大姊姊喝下自己的精液都是十分煽情的畫面。

「而、而且……都做到這種地步，我還是想和伊莉絲妳……做到最後……」

泰德羞澀地將視線撇開，臉頰泛紅地如此低語。

在見到這麼坦率又可愛的泰德之後，伊莉絲突然感到一陣小鹿亂撞。

（唔……這小子真是可愛到令人有些恨得牙癢癢的……！不過看他這麼渴望占有我的身體，又讓人覺得很高興……更何況我也一樣……想做到最後……）

在幫泰德的陰莖服務時，下半身那高漲的慾火到現在仍未平息。多到從陰道洩出來的愛液，化成水珠緩緩地沿著大腿往下流。

「我、我知道了。那麼，這次要用怎樣的體位呢……？」

「唔、嗯……」

「這、這樣的姿勢沒錯嗎……？」

「嗯……」

泰德點頭肯定，同時因眼前的光景而倒吸一口氣。

原因是雙手撐在床上，朝著泰德翹起美臀的伊莉絲就這麼映入他的眼簾。無論是不斷從陰部流出的愛液、粉紅色的陰脣，以及黑色的菊花都能看得一清二楚。每當伊莉絲呼吸時，那豐滿的翹臀就會隨之抖動，簡直就像是兩粒熟透的果實。

泰德扶著勃起的陰莖，默默欣賞著風華絕代的伊莉絲。

如此極致的美景，泰德光是看著就覺得好像快射精了。

這世上究竟有幾個人，能讓伊莉絲這樣的美少女全身脫光，並且擺出如此撩人的姿勢呢……？

「泰、泰德，你是要讓我等多久嘛……!?」

「抱、抱歉……！那個，因為伊莉絲妳真的好美，而且又非常性感……」

「你這小子也真是的，雖說昨天的騎乘位是迫於無奈，至於今早則是正常位，所以我本想說這次也挑個尋常點的體位，結果你居然立刻要求想體驗後背位……果真是個任性的小鬼頭……」

「又、又沒關係……反正從後面跟伊莉絲妳愛愛，應該也可以刺激到能讓妳舒服的部位，另外……」

「另外？」

「咳咳，沒什麼……總之我就想嘗試看看這個姿勢。況且多多挑戰各種體位，也是解開詛咒的捷徑呀……」

「這點倒是無法否認啦……算了，你進來吧。既然要做，我就會設法滿足你的。」

「唔、嗯……」

說句心底話，泰德之所以會指定名為後背位的體位，主要是為了進攻畢安琪私下透露的『伊莉絲的敏感帶』……所以他決定直到那一刻到來之前都暫且不提。

於是泰德回應伊莉絲的邀請，先用右手握住陰莖，在對準伊莉絲完全展露出來的密穴後，慢慢地插進去。

「啊、呼嗯……」

興許伊莉絲已被方才的前戲徹底勾起慾火，她的陰道十分溼潤，輕輕鬆鬆就接受泰德的入侵。

「呼啊……伊莉絲的裡面……果然既溫暖又舒服……」

為了好好享受伊莉絲的陰部所帶來的感覺，泰德開始用陰莖畫圓。肉壁的皺褶徹底纏住泰德的分身，帶給他難以自拔的快感。

「伊莉絲，妳還好嗎？會痛嗎？」

「不、不痛……畢竟是第三次，似乎已經習慣了……」

「但我覺得好像有點緊……」

「因為是採取這種體位嘛……不過你就放心動吧……」

「我知道了……」

噗滋，噗滋……泰德慢慢地擺腰，想說按照早上的方式行房，如此一來也能讓伊莉絲慢慢習慣。

「啊、呼啊，啊唔！啊咿！啊！呼啊……」

伊莉絲隨即發出嬌喘。看來她跟泰德一樣感到舒服。每當泰德把肉棒往前頂，伊莉絲那纖細的肩膀就會前後擺動，豐滿的乳房也隨之晃動。

（總覺得……會令人上癮……！）

如親姊般的精靈，身手高強且帥氣到令人憧憬的美少女精靈，此時此刻正被自己用分身從後方抽插……對泰德來說，眼前的光景刺激到足以讓他一不小心就繳械了。

只要將下半身推向伊莉絲的陰部，她那柔嫩的翹臀就會跟著抖動，銀色的秀髮也隨之搖曳。

在來自皇兄們的春宮圖集裡，有寫著『因為能滿足支配感，所以男人都喜歡後背位』這段話……

（我完全……能夠理解……這體位很不賴呢……！）

看著伊莉絲配合自己的動作擺動身體，就會給泰德帶來渾身酥麻的快感，同時也想讓伊莉絲大聲叫春，想帶給她更多歡愉。

「伊莉絲……我要加速囉？可以嗎……？」

「呼啊……可、可以呀……我不要緊的……」

「另外也能揉妳的屁股嗎？還有胸部。」

「都這種時候了還問什麼……你想怎麼做……都儘管來～……！」

「那我就不客氣囉……！」

「啊、咿咿咿嗯！」

泰德順勢加快擺腰速度。先前那種緩慢的步調彷彿不曾存在般，極其猛烈地衝撞伊莉絲的下腹部。

噗滋！噗滋噗滋！噗滋！噗滋！

「泰、泰德！你衝太快了……！被你這麼用力頂的話……！啊！啊！呼啊啊啊啊嗯！」

因為泰德那激烈的活塞運動，伊莉絲近乎尖叫般呼喊著。不過這似乎滿足了伊莉絲的渴望，只見她立刻配合泰德扭腰擺臀。

「如、如何……？伊莉絲……妳舒服嗎……!?」

「好、好舒服……！比之前都還要舒服……！泰德的大×雞不斷磨蹭到很舒服的地方～……！害我……害我……想跟著擺腰啦啊啊啊！」

「所、所以是……這裡嗎……？」

泰德稍微讓腰往下沉，呈現銳角地將肉棒往上頂。

「啊咿咿咿咿咿嗯！不行！不行插那裡！會害我上癮啦……！」

「我能感受到伊莉絲的下面流出好多愛液……！每當我往前頂，那邊就會發出『噗滋噗滋』的聲音……！」

「不要啦啊啊！拜託別說那種……羞死人的話嘛～……！」

「既然如此，這裡呢……？」

泰德並沒有放慢擺腰的速度，伸出雙手一把抓住伊莉絲的翹臀，用力地揉捏著。

「不要啊啊！別揉我的屁屁～～！我的下面會跟著縮緊啦……！」

「接下來就換成……這邊……！」

「啊咿咿咿咿嗯！不要捏我的……胸部～……！不對，不是這樣，拜託你繼續揉……！這真的好舒服……！呼啊啊啊啊！」

泰德像是將身體貼在伊莉絲的背上往前傾，並把頭湊向伊莉絲的臉。伊莉絲似乎也察覺泰德的意圖，後仰身子扭過頭來與他接吻。

「伊莉絲……！」

「嗯呼……親，親，親……」

兩人彷彿在確認彼此高昂的情慾般激烈地舌吻。泰德將沾滿唾液的舌頭伸進伊莉絲的口中，然後又換成伊莉絲把滿是口水的舌頭放入泰德的嘴裡。兩人都伸出舌頭，彷彿兩條蛇般在半空中互相交纏。

「噗呼……！泰德，泰德～……」

結束舌吻後，精靈公主騎士發出誘人的呼喚聲，在有如胞弟的少年胯下激烈擺腰。

泰德努力壓抑急速上升的射精衝動，同時看著伊莉絲那不斷被肉棒抽插的背影。

（畢安琪說的特殊敏感帶，十之八九就是那裡了……）

泰德盯著隨擺腰動作前後搖晃的那裡，不禁如此心想。

（突然摸那裡會惹伊莉絲生氣吧。肯定會生氣才對……不過我好想摸……好想讓她感到更舒服……！）

在一陣糾結後，泰德對伊莉絲提問說：

「伊、伊莉絲……妳要高潮了嗎……？我已經……快不行了……！」

「唔、嗯……！我也一樣……是時候了……！」

「那我就……摸著妳的這裡……繼續動喔……！」

「你說的這裡是……？啊、咿咿咿咿咿！不行摸那裡啦～～～～～！」

伊莉絲以前所未見的柔弱嗓音嬌斥著。原因是泰德用雙手抓住畢安琪口中所指的那對特殊敏感帶。

沒錯，該處正是人族所沒有，唯獨精靈才有的特殊器官……那對長長的耳朵。

該部位是否當真為精靈的敏感帶，其實泰德也沒有多少把握……不過按照伊莉絲現在的反應，他應該是完全猜對了。

泰德無視伊莉絲的抗議，溫柔地撫摸著她的耳朵。

耳朵似乎確實是伊莉絲最敏感的部位。每當泰德摸伊莉絲的耳朵，她就會發出淫蕩的叫春聲，甚至神情恍惚到從嘴角流下口水。

而且泰德莫名覺得包覆住自身硬挺下體的肉壁，也隨著撫摸有規律地不斷收縮，緊緊含住肉棒不肯鬆開。

「泰德……！不可以……不可以摸耳朵！那裡是精靈的敏感帶……！不行……不

行那樣玩弄啦啊啊啊……！這會害我感到更舒服～～～！」

「那我真的鬆手囉？不再撫摸妳的耳朵也行嗎？」

「那也不行～……！我要高潮了……被泰德你愛撫耳朵，並且被人從後面用肉棒抽插之下高潮了……！」

「其實……我也一樣……忍到極限了……！」

泰德和伊莉絲就這麼互相配合彼此身體的擺動，同時張開不斷痙攣的嘴巴交談。由於兩人的動作太過激烈，只見愛液和汗水四處飛濺，於床單印下無數水漬。

泰德總覺得他們宛如兩隻正在交配的動物，與此同時也不忘拚命擺腰抽插。

至此……

「啊、咿！啊！啊啊啊啊啊啊啊啊啊啊啊啊啊啊！」

「唔唔唔！」

射精！射精射精射精……！射精……射精……！

泰德接連釋放出精子，朝著自己蹂躪至今的伊莉絲體內噴射灼熱的黏稠液體，透過肉棒能感受到內部正逐漸被精液填滿。

「啊、啊、啊～～……」

被人玩弄耳朵似乎給伊莉絲帶來前所未有的高潮。

即使泰德已結束射精一段時間，伊莉絲仍神情呆滯地望著虛空，任由口水沿著下巴滑落。

激情之後的兩人在完成後續清理沒過多久，伊莉絲的項圈忽然噴出白煙，同時在上頭浮現出其他古代文字。

伊莉絲在此之前都不發一語，直到看見項圈冒出白煙後才輕輕發出一聲嘆息，並對泰德說：

「這麼做確實真的讓我很舒服……但我還是希望你能提前告知一下要撫摸耳朵，剛剛那樣簡直快嚇死我了……」

「耶嘿嘿……對不起。」

縮起身子的泰德與其說是誠心道歉，反倒更像是基於害羞使然。

伊莉絲也並非真的動怒，一臉傻眼地接著說：

「這肯定是畢安琪告訴你的吧？她從以前就很喜歡亂摸我的耳朵，害我的耳朵特別敏感……甚至在森林裡戰鬥時只是不小心被樹葉搔到耳朵，我就差點發出呻吟，害我吃了不少苦頭喔。」

「啊～這樣確實挺讓人傷腦筋耶……」

本以為精靈族的耳朵就只是比人族稍微長一點，結果竟然有如此麻煩的一面……

「根據剛才冒出的白煙量，解開詛咒的進度應該有前進一大步吧？浮現出來的文字數量很多嗎？」

「確實是多出不少，項圈的一半都已浮現出文字……」

「這表示解除詛咒一事頗有進展。如果是多虧被人玩弄耳朵才得到這樣的成果……或許得好好感謝畢安琪才行呢。」

面對伊莉絲這番不改其本色的正向發言，泰德是感到既害羞又高興。

關於此次的性交，至少有讓伊莉絲感到滿意。雖然泰德認為自己表現得確實有些任性，但既然伊莉絲有從中得到歡愉的話，也算是皆大歡喜。畢竟伊莉絲用嘴巴服務，真的讓泰德感到非常舒服……

伊莉絲先是露出羞澀的笑容，卻隨即換上一個陰鬱的表情低語說：

「不過……就算我取回魔法之力，對於我們所面臨的困境也沒有多少助益。眼下得先與國內各處集中營的領導者們會面，安排好起義的準備……以及未來有可能面臨『帝國』主力軍來襲的應對之策……」

在項圈終於噴完蒸氣，伊莉絲又稍微注視它一小段時間後，像是終於做好覺悟似地提問說：

「泰德，你打算如何戰勝『帝國』的主力軍呢？即使艾爾菲納全境興兵起義，成功封住敵方的行動，但假如打不贏緊接而來的主力軍也還是沒戲唱。我跟畢安琪一樣很擔心會出現這樣的結果。」

伊莉絲直視著泰德的臉龐接著說：

「相信你已經有對策了吧？拜託你告訴我。無論你想出多麼異想天開的方法，我現在都願意毫無保留地支持你。」

「謝謝，那就麻煩伊莉絲妳們明天帶我去一個地方。」

「你要去哪裡呢？」

泰德將地名說出口。

伊莉絲聽完之後，有如石化般當場愣住。

可是她似乎已猜出泰德的心思，隨即換上一個嚴肅的表情點頭同意。

「正所謂……敵人的敵人就是朋友。」

第三章 姊姊公主騎士的交往宣言

1 新夥伴

一座被霧氣籠罩的荒涼溪谷映入眼簾。

「真的是這裡嗎……？伊莉絲。」

面對泰德一臉不安的提問，伊莉絲不太有自信地點了一下頭。

「嗯，根據打聽來的情報，他們的落腳處應該就在這附近……」

「真、真是來到一個不得了的地方呢……」

兩人身旁有著多名擔任護衛的精靈和人族……帶頭前進的索菲為了避免被女僕裝的裙襬絆倒，小心翼翼地跨出腳步低語說：

「放眼望去全是無邊無際的岩石地形……外加上濃霧瀰漫，視野最多只能達到幾十公尺遠……我們當真沒來錯地方嗎……？」

「…………」

泰德與伊莉絲都陷入沉默，只能相信手頭的線索勇往直前。

「泰德，雖然是我負責帶路，但我還是想確認一下，假如沒能找到他們該怎麼辦？」

伊莉絲像是無法承受心中的不安，以細如蚊蚋的音量小聲詢問。

「因為這附近是巨型魔物的棲息地，我並不想在這裡逗留太久。就算我能使用魔法，也還是得費上一番工夫才有辦法打倒它們……」

「好的，那再搜索一個小時就好。」

泰德以略顯不甘心的語氣繼續回答。

「要是到時再沒有收穫的話就直接收隊。這麼一來，好歹能在日落前下山。」

「收……」

就在這時……前方濃霧中浮現一道巨大的黑影，並以飛快的速度衝了過來！

「什麼……!?」

「是魔物！很可能是祕銀鬣蜥！」

「祕銀鬣蜥!?」

「是一種巨型鬣蜥，牠全身上下布滿類似祕銀的礦物！大家快躲開！」

泰德等人迅速往左右散開……下一秒，一隻狀似將紫色礦石當成鎧甲般遍布全身的巨型鬣蜥，張開長滿利牙的血盆大口撲過來。假如沒有即時閃躲，一行人就成了牠的餐點。

祕銀鬣蜥馬上轉身，再次襲向泰德等人。

「伊莉絲!!」

「我知道了！大家快讓開！」

伊莉絲握住長劍準備施展魔法……但在下個瞬間——

「唔喔喔喔喔喔喔喔喔喔喔喔喔喔喔！」

突然傳來一股有別於人族或野獸的嚎叫聲，與此同時有個巨大的人形生物，對準祕銀鬣蜥的頭頂跳下來。

該生物的塊頭足足大上一般成人兩倍，而且類似祕銀鬣蜥，在身上穿著一套看起來十分堅固的鎧甲。

位於祕銀鬣蜥頭頂上方的巨人，高舉手中的巨斧快速落下，順勢朝祕銀鬣蜥的天靈蓋重重一劈。

「啊嘎哇啊啊啊啊啊！」

伴隨祕銀鬣蜥的一聲慘叫，只見傷口湧出大量的紅黑色鮮血。巨人馬上往後一跳，與祕銀鬣蜥拉開距離。

不斷噴血的祕銀鬣蜥發出悲鳴，迅速消失於濃霧深處。按照那樣的傷勢來看，恐怕已無法存活多久。

現場只剩下被眼前光景嚇傻的泰德一行人……以及被祕銀鬣蜥的鮮血回濺，全身染成紅黑色的巨人。

從那套造型粗獷的鎧甲間隙裡，能看見皮膚呈現深綠色的強壯身軀。相貌看起來凶神惡煞，額頭和臉頰上有著無數傷痕。那雙鮮紅色的眼睛也同樣顯得十分駭人……但從眼神能看出他是擁有智慧的生物。

在眾人暫時驚呆的期間，這名狀似非人存在的人形生物對泰德伸出如粗壯樹幹般的右手，嗓音渾厚地開口說：

「……你們沒事吧？剛剛還真是驚險。」

「我、我們都沒事……真的非常……感謝你……」

「族長已提過你們的事情。走吧，我來幫你們帶路。」

語畢，巨人輕輕握著泰德的右手把他從地上扶起來，然後扭頭環視伊莉絲等人一眼，便大步流星地往前走。

伊莉絲她們也連忙從地上起身，緊跟在巨人的身後。

索菲忽然發出一股聽似安心又宛如興奮的嘆息聲說：

「……我好歹也經歷過一段不平凡的人生，但這還是第一次親眼目睹他……不對，是他們的存在……」

「是啊。」

伊莉絲點頭補充說：

「他們就是跟我們一樣遭『帝國』滅國，非人存在的特殊人種……半獸人。」

2　與半獸人的談判

「拉攏半獸人加入我方……您是認真的嗎……!?」

在泰德首次見到半獸人的半天之前——

此處是精靈反抗軍的祕密據點，從眾人經常用來開會的會議室裡傳出索菲的驚呼聲。

看著因自己的提議而目瞪口呆的自家女僕，泰德露出略顯不滿的表情反問說：

「怎麼？索菲，難道你不贊成嗎？」

「就我個人而言……並沒有不贊成啦……」

索菲像是有些難以啟齒地把話說下去。

「可是顧慮到精靈們的心情，懇請王子您三思……」

一如索菲所言，除了伊莉絲以外的精靈們都面有難色，露出既猶豫又彷彿想否定的表情。看這情況應該很難得到大家的贊同。

「……伊莉絲大人，您真的願意嗎？」

「也沒什麼願不願意，為了打贏這場戰爭，泰德說這是不可或缺的。」

伊莉絲語氣僵硬地對泰德問說：

「敵人的敵人就是朋友……對吧？」

「以結論來說便是如此。」

泰德點頭說：

「半獸人之國『歐克蘭德』和艾爾菲納一樣遭『帝國』毀滅，而且在『帝國』的種族肅清政策之下，半獸人近乎滅絕。據傳只有少數的半獸人倖存下來，躲在艾爾菲納的某處過活。

「我們就是要跟這群半獸人接觸，設法拉攏他們加入我方。相信倖存的半獸人們也飽受現況所苦，不如就讓他們成為同伴。上述說法也算是合情合理。」

索菲詫異地再次確認。

「也就是說，伊莉絲大人您支持泰德王子的計畫嗎？」

「正如我方才所言，情況由不得我們選擇。原因是我們不只得對抗平亂軍，到時也非得戰勝『帝國』的主力軍不可。為此，我們必須盡可能增加友軍……當然心情得另當別論，畢竟半獸人和精靈之間曾發生過許多事情。」

……按照伊莉絲昨晚的說明，大約在一百年前，精靈與半獸人的關係可說是水火不容，曾經爆發過多次武力衝突，而且伊莉絲也有多名親戚在對抗半獸人的戰爭之中殞命。

引發武力衝突的原因，便是半獸人曾多次成群結隊侵擾艾爾菲納，除了掠奪食物和物資以外，居然還擄走多名精靈……簡言之，就是半獸人族對精靈族過多的燒殺擄掠。

基於此因，當歐克蘭德與「帝國」交戰時，艾爾菲納並未出兵支援歐克蘭德。至於倖存的半獸人們逃入艾爾菲納避難之際，精靈們沒有對他們施行驅離行動，卻也同樣並未伸出援手。

反觀逃進艾爾菲納的半獸人們，也是從頭到尾都沒有跟精靈族交涉。

半獸人的社會是以部落構成，因此名為歐克蘭德的國家，說穿了也不過是由多個部落組成的聯盟。外加上半獸人是自尊心極高的種族，截至目前都不曾向其他種族求援。

「以種族而言，半獸人的體能遠在精靈和人族之上。」

為何半獸人有著如此強烈的排他性……伊莉絲給出這樣的解釋。

「雖然他們的智慧和我們精靈或人族差不多，卻擁有強上數倍甚至數十倍的體能。他們在面臨戰爭及狩獵時，也非常仰賴自身的這股力量，因此變得不願認同比自己弱小的種族，更別提仰賴外族的幫助。這道理也能套用在半獸人於部落之間的關係，也難怪最終會敗給『帝國』。」

但即使聽完上述說明，泰德依然沒有改變初衷。反觀伊莉絲，原則上也支持泰德的提議。

這令泰德冒出一個疑問。

「伊莉絲，為何妳這次會那麼輕易就支持我的提案呢？」

在自己的提議得到支持後，泰德困惑地對伊莉絲提問。

「像是昨天也對我特別溫柔……當、當然我是很開心，不過我們在日前已約好說……那個，『目前僅止於肉體關係』，這麼一來算是違背約定了……」

「我、我並沒有打算違背約定……！關於半獸人一事，純粹是我認為你的提案很有道理！就連剛才的愛愛，也只是覺得那麼做有助於盡早解開詛咒而已！」

見伊莉絲快言快語地提出駁斥後，泰德沒有進一步追問。

其他精靈在聽完伊莉絲的說明後，都神情複雜地陷入沉默。

過去的半獸人自私地對艾爾菲納展開掠奪，如今居然得與這群掠奪者聯手禦敵……內心自然會產生排斥。

「……在理性上，是可以明白泰德大人想表達的意思。」

經過幾十秒的沉默，其中一名精靈開口回答。這位精靈少女不曾直接參戰，而是待在據點負責打理反抗軍的伙食。

「我的祖父也在與半獸人的戰爭之中身亡。小時候曾聽祖母說過半獸人有多麼可怕。他們把精靈擄走之後，不光只是抓去做為勞動力，甚至還殘酷地把俘虜當成性奴隸……老實說真的讓人很不好受。」

「…………」

「……可是為了打贏這場戰爭，為了戰勝比半獸人更可怕的『帝國』，我明白這是不可或缺的必要手段。」

原本低著頭表達意見的精靈少女……就在此時猛然抬起頭來。

「因此，我願意支持泰德大人的提案……大家覺得怎樣呢？」

這句話順利化為契機，所有在場的精靈們紛紛點頭同意，「這也是莫可奈何啊」、「一切都是為了生存下去」、「這是為了打贏戰爭」，像這樣你一言我一語地說出心底話。

泰德見狀後，這才放下心中的大石頭。

理由是就算得到伊莉絲的支持，未能取得反抗軍全體人員的共識也毫無意義。

伊莉絲似乎也抱有相同的心情，微微一笑地對泰德豎起大拇指。

「不過我有另一個疑慮。」

幫忙說服眾人的精靈少女向泰德發問。

「若能順利拉攏半獸人，確實像是吃了一顆定心丸，但是歐克蘭德的半獸人們已敗給『帝國』一次，這樣子真能成為我方的殺手鐗嗎……？」

3　決鬥

「原來如此，所以才希望得到我們的協助啊。」

在遇見第一名半獸人的不久之後——

穿過溪谷的泰德一行人，受邀進入半獸人們設置於巨型洞窟內的藏身地點，與對方的族長正式會面。

洞窟內部已被半獸人們利用岩石重新裝潢，儼然一座要塞，深處還有另闢一區生活空間。至於牆上那一整面抽象的壁畫，是關於半獸人所信仰的神話。

儘管半獸人給人的刻板印象是十分野蠻，事實上卻並非如此。

「這樣啊……」

族長聽完泰德的解說，像是相當感慨地如此低語後就陷入沉默。

也難怪此人會被選為族長，原因是任誰一見到他都會得到相同的結論。他的體格在所有半獸人之中是最為魁梧的，身上鎧甲的造型也是最吸睛又充滿氣勢。髮型是將所有頭髮往後梳，並在後面紮成一條辮子。至於脖子上那條華麗的大型項鍊，狀似是用某種魔物的骨頭製作而成。

一段時間後，半獸人族長拋出一句出乎眾人意料之外的話語。

「我明白了，我願意接受你們的提議。正所謂敵人的敵人就是朋友，在此狀況下確實需要這樣的決斷力。」

「咦……啊、這、這是真的嗎？」

泰德目瞪口呆地確認，在場精靈們的反應也都大同小異。

半獸人族長似乎對此感到有些不悅，板起臉瞪向泰德。

「怎麼？你不滿嗎？」

「啊、你誤會了，我沒有這個意思……其實我曾聽說精靈族與半獸人族之間是長年對立，因此沒料到這場談判會如此順利……」

「是指我們半獸人曾派兵侵擾艾爾菲納，進行過燒殺擄掠對吧？」

「是的。」

「那是我們曾祖父那一輩，或是更早以前世代的事情，別把那些人跟我們混為一談。」

「此話怎說……？」

面對一連串超出預期的發言，泰德大感困惑地開口追問。

半獸人族長發出一聲嘆息，雙手環胸繼續解釋。

「半獸人不同於精靈，平均年齡和人族沒有多少差別。不對，我們為了確保食物得經常狩獵大型魔物，再加上部落間經常爆發戰鬥，基本上比人族還要短命。因此聽你們重提那麼久以前的往事，我們也會非常困擾。」

泰德至此才恍然大悟，一旁的精靈們也露出相當詫異的表情。

對於壽命長達數百年的精靈們而言，半獸人於百年前的侵擾就像是昨天才剛發生般記憶猶新，但看在半獸人的眼裡，百年前的往事……根本是發生於好幾世代前的歷史。

所以半獸人族長想表達的意思是……現在的半獸人並沒有將精靈視為敵人，若要追究他們祖先的惡行，老實說會傷透腦筋。

泰德以眼角餘光察覺到精靈們都顯得相當困惑，於是代為發問說：

「關於半獸人族曾經侵擾過艾爾菲納一事，你們沒有任何感觸嗎？」

「沒那回事，我是真的感到非常抱歉。畢竟祖先們對精靈族造成莫大困擾是不爭的事實。不過，也覺得當年沒有方法能避免戰事。」

「為什麼呢？」

「直到百年以前，我族之間曾爆發致死率極高的傳染病，無論使用何種藥草或祈福都治不好。由於精靈是既長壽又健康的種族，因此有許多人開始相信只要攝取精靈的食物，或是跟精靈性交就可以康復……百年前絕大多數的暴行，都是這則謠言造成的結果。」

「所以現在是……？」

「在與『帝國』開戰後，我族從擄來的『帝國』藥劑師那裡取得特效藥，自此就再也沒理由去攻打艾爾菲納了。當然在『帝國』的侵略之下，我族也無力再與精靈開戰了。」

「原來是這樣啊……」

「那你們為何沒派人來與我們交涉呢……？」

伊莉絲忍不住對族長提出質疑。族長在聽完後，露出一個五味雜陳的表情，不過態度仍非常冷靜。

只見他露出苦笑說：

「就跟你們在瀕臨亡國之際，最終也沒有向我族求援的理由一樣。正如你們將我族視為可怕的敵人，我族也同樣非常畏懼你們。」

「…………」

「我族相較於精靈族確實擁有更強大的力量，昔日還侵擾過你們，但我們已是今非昔比，假如你們想對我族展開報復，完全有能力將我們滅族，當然我族到時也不會坐以待斃。可是以種族的繁衍而言，我族勢必會受到致命性的打擊。」

半獸人族長對著泰德等人揚起嘴角。

「因此在得知你們想找我們談判時，對我們來說是意料之外的情況，同時也算是順水推舟的提議。若是『帝國』繼續壯大，這裡遲早會不保的。」

「……意思是無論你們或我們，至今都誤把對方當成敵人了。」

也許是心情難以平復下來，伊莉絲如此喃喃自語，接著她像是想揮別心中的迷惘，抬頭望向族長說：

「總之，還是感謝你們願意接受我方的提議。」

「嗯，該道謝的是我們才對……話雖如此，在此之前有件事想跟你們確認一下。」

「確認？」

「就是你們打算如何對抗『帝國』。我們已在戰爭中敗給『帝國』，也很清楚正面交鋒根本毫無勝算。」

泰德點頭以對。畢竟早在與精靈們開會時，就有提及這個問題。

「請問『帝國』與你們半獸人交手時，是採取怎樣的戰術呢？」

「帝國」基本上是採用重裝步兵的人海戰術。穿著重甲的步兵們手持長槍，組成名為方陣的密集陣形發動突擊，或是以相同的陣形展開防禦。

雖說「王國」也是採取相同的基本戰術，「帝國」卻還會把大量的弓兵或騎兵也編入這樣的密集陣形裡，藉此提高攻防能力來壓制敵軍。

面對泰德的詢問，族長從喉嚨裡發出一陣低吟後才回答。

「就是你們所熟知的那種密集陣形。在戰場上遭遇那種宛如由大量拒馬槍組成的人形要塞，即使是我們也束手無策。」

「就算你們半獸人個個都身強體壯，還是無法與之抗衡嗎……？」

「的確憑我們的腳力，是能夠一口氣跳進敵陣之中，藉此打亂他們的陣腳，但也僅止於此。原因是敵人會從四面八方用長槍朝著鎧甲的縫隙使出刺擊，我們同樣會沒命的，所以我才說硬碰硬根本毫無勝算。關於這部分，你們可有想出對策？」

「……原則上是已經想好了。」

泰德真誠地點頭肯定，並將手中的捲軸攤放在族長的面前。

「……這是什麼？看似是某種設計圖……」

「這是巨型十字弩，在我國稱之為弩砲，相較於一般人族使用的十字弩……這個約莫放大四到五倍。」

如同泰德所述，紙上有著用筆墨描繪而成的弩砲設計圖。

「弩砲一般都被當成固定式兵器，用來支援攻城戰或近身戰。原因是這對人族而言過於沉重，沒辦法迅速移動。」

「我在對抗『帝國』時也見過這東西。真是個孬種才會使用的武器。」

「我是希望諸位半獸人來使用這個兵器。」

「你要我們使用弩砲!?意思是別用刀劍斧頭等武器嗎!?」

族長激動得兩眼圓睜。其他半獸人也相當動搖，表情都顯得相當難看。

對於長年手持刀劍斧頭等近身武器打響名號的半獸人族而言，弩砲完全是『孬種才會使用的武器』。

可是泰德沒有一絲懼色，繼續把話說下去。

「沒錯，這是戰勝『帝國』必要的手段。至少我是這麼認為。」

「……這麼做有何功效？」

「此戰術可以瓦解『帝國』的密集陣形。由你們半獸人來使用人族無法輕鬆駕馭的弩砲，將能一口氣施展出大範圍的強力射擊。若是讓一群半獸人同時發射弩砲，就可以遠距離摧毀敵軍的密集陣形。」

「這麼做的話，確實有機會瓦解那樣的密集陣形……」

族長用手摸著下巴，發出一聲沉吟陷入思緒之中。根據他的反應，原則上是承認泰德所提計策的合理性。

泰德見機不可失，語氣堅定地繼續遊說。

「首要目標就是摧毀敵軍的密集陣形。縱使『帝國』軍再精銳，一旦陣形被瓦解也同樣不堪一擊。到時你們就可以發揮半獸人的本領，透過集體突擊來輾壓敵軍。」

「換言之，利用弩砲製造出適合發動突擊的戰況是嗎？」

「沒錯，『王國』目前能提供的就只有技術和策略，而我個人也認為這對諸位來說是最佳的對抗手段……」

泰德先是看向半獸人族長，接著又瞄了伊莉絲一眼。

這是因為話中所指的『諸位』，也包含精靈族在內。理由是生產弩砲一事，得全權交由精靈族來負責。

半獸人族長一開始是面有難色，在經過一段時間後，他緩緩閉上雙眼給出答覆。

「……我懂了，我也覺得你這番話很有道理。把弩砲當成主要武器，確實是我們無法想像的策略。」

族長像在自嘲般露出微笑。

「是我的決心不夠堅定。我也明白要是不改變就會迎向毀滅，必須想出更積極的對策才行，結果身為半獸人的尊嚴反倒成了阻礙。」

泰德和伊莉絲聽見後，忍不住相視而笑。照此情形看來，他們應該有成功說服這群半獸人……

不過族長接下來的一句話，徹底超乎兩人的想像。

「可是我們無法坦率接受這項提議！對於以蠻力自豪的半獸人而言，基於打架輸人以外的理由接受外族的要求，將有損半獸人的顏面！」

「咦、咦、咦咦咦咦咦!?」

「為、為什麼你要說這種話啊……!?」

當族長握拳起身如此大喊之後，其他半獸人竟紛紛跟著發出喝采，表示這才是全體半獸人的意見。

「因此我對你們有項提案！就是我們接下來的一場切磋，而我只能使用劍！只要你們能打贏我的話，我族就接受你們的提議！」

「這、這結論也太強人所難了吧！況且你們也聽見方才那番話不是嗎!?除此之外沒有其他方法能打勝仗喔!?」

「這些我們都明白！問題是內心難以接受！這對其他半獸人來說也是一樣！」

「身為族長的職責，就是設法安撫底下的人啊……」

「既然我都不能接受了，又怎麼有辦法說服自己的部下們！」

「……這麼說也不無道理。」

「泰、泰德！你別如此輕易就退讓啦！就算你我兩人聯手，也未必有辦法靠著刀劍戰勝半獸人喔！」

「但這就是半獸人的傳統，也只能入境隨俗了，更何況是我們有求於人。」

「這麼說是沒錯啦……」

以半獸人高傲的心性來考量，演變成這樣也是莫可奈何……伊莉絲似乎也明白這個道理。於是泰德輕輕拍了拍伊莉絲的肩膀，隨即朝著族長點頭說：

「……好的，我們願意接受挑戰。」

「這樣才像話嘛。」

族長開心地嘴角上揚。

「那就馬上開始吧。喂，把我的劍拿來！」

周圍的半獸人們迅速退開，形成一塊足以讓雙方施展切磋的空間。

又有數名半獸人端來一把尺寸足足跟一名成年人差不多高的巨型雙手劍，上前交到族長的手中。

伊莉絲嚇得臉色發青，與泰德咬耳朵說：

「泰、泰德，你真的有想清楚嗎!?即便是我，也沒信心光靠劍術就打贏一名半獸人喔！至於你則是完全被排除在戰力之外……這下該如何是好!?」

「我已經想好對策了，相信應該沒問題才對。」

「什麼意思!?」

泰德把嘴巴湊到伊莉絲的耳邊，壓低音量交代了幾句話。

「……！這麼做……當真沒問題嗎……!?」

「嗯，總之妳先照我說的去做。」

伊莉絲還來不及回答，泰德已拔出腰間上的佩劍。

接著他往前一站，與半獸人族長相互對視。

其中一名半獸人見狀後，扯開嗓門大喊。

「比賽開始！」

「接招吧啊啊啊啊啊啊啊！」

率先採取行動的是泰德，他提劍朝著族長衝了過去。

「正面突襲!?的確很有膽識，只不過……！」

看在半獸人族長的眼裡，泰德這樣的舉動也在預料之中。於是他擺好架勢，準備一劍逼退泰德。

但在下一秒，泰德的背後出現一陣巨大的衝擊波。在這股力量的影響下，泰德的移動速度瞬間暴增。

「啥!?」

「唔唔唔！」

族長忍不住驚呼出聲。泰德則因為來自背部的劇痛而發出呻吟，不過他咬牙死命撐住，並且……

「喝啊啊！」

泰德提劍刺向族長的咽喉……在即將傷及對手的前一刻停下動作。

族長先是一臉錯愕，不過很快就恢復冷靜，重重地呼出一口氣。

「……是我輸了。想想艾爾菲納王室的精靈們都會使用魔法，我完全忘了此事。」

「…………」

「讓魔法擊中自己的背部，一口氣加速切入我的懷中……早已聽聞精靈的魔法威力非凡，看來是有手下留情。」

族長看向佇立於泰德背後的伊莉絲。

一如族長的分析……伊莉絲為了輔助泰德，朝著泰德的背部施展魔法。至於這招魔法正是在日前使用過的『地崩術』。

能看見一道小小的魔法陣就出現在伊莉絲的腳底下。

「你在與我的比試中使用魔法，難道完全沒有覺得不妥嗎？」

「因為你從頭到尾都沒有提到不許使用魔法。」

「哼！這種歪理確實很符合人族的作風！不過我喜歡！倘若以這種行事作風領導我們作戰，的確有機會與『帝國』一搏！」

族長高舉雙手劍，對著半獸人們吶喊說：

「這場切磋是我輸了！因此我們將無條件接受這名人族和精靈的提議！大家都沒意見吧!?」

「喔喔喔喔！」半獸人們異口同聲地發出嘶吼。

泰德見狀後，暗自鬆了一口氣。雖然他有信心族長會願意接受這樣的結果，但自己確實使出略顯卑劣的手段，所以挺擔心其他半獸人會作何感受……看這情況應該是在容許範圍內。

「好，麻煩的會議就到此為止，大夥們快去做好宴會的準備！這可是精靈族、人族和半獸人族順利結盟，極具紀念性的一刻！讓我們盛大款待這群新朋友吧！」

半獸人們在族長的號令之下紛紛離去，著手宴會的準備。只見各種料理與樂器以泰德等人為中心，接連擺放於周圍。

下個瞬間，泰德雙腿一軟即將摔倒……伊莉絲連忙抱住他。

「你、你沒事吧……!?泰德!!」

「嗯……大概是有點累了……才會突然雙腿發軟。妳放心，我還有力氣站起來。」

「真是的，都怪你想出這種魯莽的方法……」

「幸好最終有順利成功。而且我相信伊莉絲妳一定有辦法拿捏好力道的……」

「泰德……」

「為了避免妳親上火線，這是唯一的解決辦法。畢竟我是為了保護妳才站在這裡的……」

伊莉絲吃驚地停下動作，目不轉睛地看著泰德。

泰德沒注意到伊莉絲的反常，站穩身子後便說：

「那我們就好好享受這場宴會吧。相信半獸人們是為此才這般款待我們。」

4　從小弟升格為愛人

半天過後——

「你還好嗎？泰德。來，已經回到房間囉……」

「唔、唔唔唔，好想吐……」

伊莉絲扶著泰德走回以往的臥室，一把將房門推開，然後領著泰德走至床邊，靜靜地讓他躺到床上。

此時的泰德已喝得酩酊大醉，即使躺下仍不斷發出「唔唔唔～」的呻吟聲。反觀伊莉絲則是一臉清醒，渾身上下沒有一絲酒氣。

「呼～……終於能放鬆下來了……」

伊莉絲倒了杯水一飲而盡後，呼出一口氣如此說著。

接著她望向躺倒在床上的泰德，以溫和的口吻喃喃自語。

「泰德今天真的好努力呢……」

與半獸人的宴會就這麼一路持續到晚上，不論是精靈或人族都喝得爛醉如泥。

伊莉絲跟泰德也不例外。尤其是歷經早先的那場切磋，族長和其他半獸人皆對泰德刮目相看，於是接連向他敬酒。

幸好泰德酒量很好，順利應付半獸人們接連不斷地灌酒。根據泰德的解釋，他的父王與皇兄們都是酒中豪傑，而他也經常參加這類宴會，於是練就一身好酒量。

但泰德就算酒量再好，最終還是醉得不省人事，便在伊莉絲的照料下離開半獸人的村落，安然返回祕密據點。

當伊莉絲一行人離去的時候，所有半獸人都熱情地前來送行。甚至直到離開魔物的出沒地之前，沿途都有多達幾十名半獸人幫忙護送。由此可見，這群半獸人應該已把泰德他們當成自己人了。

基於此原因，伊莉絲情不自禁對泰德露出柔情似水的態度。

泰德不僅在切磋中打贏半獸人族長，順利促成此次的同盟，甚至還挺身保護伊莉絲。以上種種對伊莉絲來說，任何一件都是值得大為讚賞的出色表現，完全沒理由去斥責泰德。

外加上……

（是為了保護我才站在這裡……嗎……）

伊莉絲注視著躺在床上後，臉色比先前好上許多的泰德，並且坐在他的身旁陷入思緒之中。

（他果真是……喜歡我的……對吧……）

伊莉絲覺得這很不符合自己的作風，卻還是望著泰德那張有些稚嫩的臉龐不禁心想。

（我究竟該如何答覆呢……）

已能肯定在泰德的心中，確實是對自己抱有好感。再加上經過連日的性行為，可以感受到他對自己的情意有增無減。

伊莉絲是真心感到很高興，不過一如初體驗之前說過的那段話，她依然認為自己不能接受泰德的心意。理由是過多的愛會影響判斷力。

可是伊莉絲這種始終與泰德劃清一道界線的態度，的確也迫使泰德不斷勉強自己。事實上泰德為了讓伊莉絲認同他是個『出色的男子漢』，才做出今天這種逞強的舉動。

幸好這場切磋最終是泰德獲勝，問題是無人能保證下次也會那麼順利。

另外……

（泰德當真是個優秀的男性……）

如此心想的伊莉絲，伸手溫柔撫摸泰德的臉頰。

（雖然他仍有許多幼稚的一面，但他既聰明又有膽識，也有很多地方比成人更出色……並且非常珍惜我。）

對伊莉絲而言，最後一項是尤其重要。除了雙親以外，就再也沒有其他人如此深愛著自己。

即使泰德在愛愛時有些強勢……不過這也算是身為男性的魅力。今後繼續像這樣愛愛，泰德的技巧肯定會變得更好，讓自己得到更多歡愉。

包含這部分在內，伊莉絲是真的對泰德很有好感。

（怎麼辦……？我好像有點……喜歡上……泰德了……）

胸口的鼓動隨之加快。伊莉絲在察覺這點後，縱使有些困惑，仍願意接受這股出現在心中的全新情感。

（為了別再讓泰德逞強，為了讓我們締結更深的羈絆……重點是為了讓我和泰德得到幸福，最好還是兩情相悅吧……）

起義的準備已持續在進行，不過戰局的走向仍充滿變數。無人能肯定自己與泰德何時會慘死在敵人手中，就這麼失去彼此。

伊莉絲想在此之前得到身為精靈的幸福。就像自己的雙親那樣愛上一名異性，孕育出愛的結晶，加入傳宗接代的行列之中。

一想到這裡，伊莉絲認為自己的答覆就只有一個。

「泰德……」

伊莉絲放任心中的情竇探出身子，漸漸地靠向泰德。

她注視著那張仍留有一絲童貞的臉龐，在四片脣瓣即將重疊的瞬間……

「……！伊莉絲……!?」

「泰、泰德……!?」

泰德彷彿算準時機地睜開眼睛。

伊莉絲因為過於驚慌，迅速退了開來。

「泰德……你醒了嗎……？」

「唔、嗯……剛醒不久……」

「你還好吧……？」

「嗯，已經舒服多了……」

泰德撐起身子，開始檢查自己的身體。看來他是真的清醒了。因為很能喝酒的關係，或許酒醒的速度也相對比較快。

「比起這個，伊莉絲妳剛剛有把臉湊到我的面前吧？為、為什麼忽然這麼做呢……？」

「那個～這個，也不知道是什麼緣故，我突然好想跟你接吻……」

「接吻？伊莉絲妳……主動想跟我接吻……!?」

「嗯，那個，這個……」

伊莉絲反射性地老實回答，卻變得更加手足無措，腦中也一片空白。

（咿咿咿咿咿！沒想到居然會變成這樣……！）

泰德滿頭問號地望著伊莉絲，但隨即一臉擔心地問說：

「妳沒事吧？伊莉絲，難不成是因為我身上的酒氣害妳也醉了……？」

「咦……」

「真的很抱歉喔……在切磋中戰勝族長的部分我是還有印象，不過接下來的事情就相當模糊……是伊莉絲妳送我回房間對吧？真的很謝謝妳……」

泰德似乎真的很關心伊莉絲。他大概就連作夢都沒想過，伊莉絲是在十分清醒的狀態下想與泰德接吻。

伊莉絲痴痴地望著泰德，忽然間自顧自地笑了起來。

「呵呵，呵呵呵呵呵。」

「伊、伊莉絲……？」

（泰德果然是這種人……）

伊莉絲與一臉不安看過來的泰德對視，不禁開始心想。

（所以我才會……）

伊莉絲伸手輕輕地摸著泰德的頭髮。

「你果然還是個小朋友……」

「咦、咦～……？」

「為了讓你也能明白，我決定說出自己真正的想法。」

「……？」

「我喜歡你，因此我們從今以後就是這種關係了，你應該不反對吧？」

「喔……咦？咦咦咦咦咦!?咦咦咦咦咦咦～～!?」

泰德不由得驚呼出聲。畢竟這番話遠超出他的想像。

伊莉絲見狀後，略顯不滿地瞪向泰德。

「你、你也太吃驚了吧。感覺很沒禮貌喔。」

「因、因為妳說過這種事要等到戰爭結束後，或是當我成為出色的男性時才會考慮……！而且我沒料到是妳主動說出這種話……」

泰德像是恍然大悟地止住話語，隨即改口問說：

「所以妳承認我是個能獨當一面的男子漢囉？」

「沒這回事，你在我眼中依然是個小朋友，還有許多地方需要改進……」

「是嗎……？唉……果然還是這樣……」

泰德相當失落地嘆了一口氣。

伊莉絲見狀後，嗓音柔和地對泰德說：

「不過我很喜歡像現在這樣經常關心我的你，以及總是那麼努力的你。唯獨這部分，姊姊是不會對你撒謊的。」

「咦……」

「因此我之前說的那些話都不算數，決定現在開始跟你交往，你覺得呢？」

「伊莉絲……」

泰德注視著伊莉絲。大概是他太高興自己的單戀終於如願以償，雙眼甚至開始泛淚。

伊莉絲以強勢的態度接著說：

「我也是想了許多才得出這個結論。對於我的告白，你可要好好講清楚喔。現在輪到你給我答覆了！」

「我、我當然也很喜歡伊莉絲！希望妳願意與我交往！」

「嗯，那我就答應你吧。」

伊莉絲表現得落落大方……而且內心湧現一股十分滿足的感覺。

「不過眼下的情況較為特殊，所以暫時先別張揚吧。」

「這是為什麼呢？」

「單純是很令人害羞啦。畢竟大家都明白我和你會持續維持肉體關係，因此我不想再增加這樣的流言蜚語。」

「好的，我個人是無所謂。反正只要妳願意喜歡我就好。」

「為求謹慎……我得再提醒你一次。」

伊莉絲像是有些難以啟齒地把話說下去。

「其實我還是希望泰德你別受私情左右。萬一出事時你可別顧慮我，一定要把艾爾菲納和『王國』擺在第一位。」

「可、可是……」

「只要你願意答應我這件事，我就同意讓這段肉體關係有更進一步的發展，你覺得呢？」

泰德猶豫地將目光撇開，一段時間後才靜靜地點頭同意。

「嗯……我會盡量做到的。」

「說得好，這才是我的小弟呀。」

「我不再是妳的小弟……而是愛人了。」

「啊、也對。愛人……聽起來挺不錯喔。」

伊莉絲放鬆地露出微笑。泰德也跟著露出笑容……並對伊莉絲提問說：

「伊莉絲，我可以吻妳嗎……？」

「當然可以囉。」

泰德將臉湊向伊莉絲。伊莉絲也做出回應，讓雙方的嘴脣交疊在一起。

原本只是稍微接觸的輕輕一吻，不過泰德卻稍稍伸出舌頭，刺激著伊莉絲的脣瓣，像是正在提出某種邀請。

（他的接吻技巧進步了呢……）

即便泰德看起來仍是一名少年，但心智恐怕已不再那麼年幼了。

伊莉絲不禁感到有些寂寞……同時也產生更多的踏實感。既然泰德的心智已經變成熟，也差不多是時候把他當成一名男性來看待了。

在經過幾次親吻後，泰德說：

「伊莉絲，可以嗎……？」

「嗯，快來吧……」

5 鏡前

「真、真的要用這種體位嗎……？」

伊莉絲羞紅著臉如此提問。泰德點頭回答。

「嗯，畢竟我們好不容易才兩情相悅了嘛。」

「就算是這樣，這也太……！」

伊莉絲相當猶豫地如此說著，並對自己全身赤裸的模樣感到困惑。

理由是伊莉絲背對著坐於床上的泰德，雙腿大開擺出M字的姿勢。

此體位就是俗稱的『背面坐位』。

雖然採取這種體位時，泰德無法看清楚伊莉絲的身體正面，不過多虧床前的那面梳妝鏡解決了這個問題。

伊莉絲是已經習慣讓泰德欣賞自己的裸體，卻還是第一次（隔著鏡子）目睹自己這麼羞人的樣子。

「而、而且你不要緊吧……？畢竟是我整個人坐在你的身上喔……」

「不、不要緊的……我會好好加油……」

「真的嗎？要是太勉強的話，可以換成其他體位……」

「沒問題的！因為我是伊莉絲的伴侶，這點小事不算什麼……！」

泰德像是想結束此話題地大聲回答。看似打算貫徹初衷。

「那我進去囉……？妳先維持這個姿勢稍微起身……」

「唔、嗯……」

伊莉絲神情僵硬地點點頭。考量到泰德才剛酒醒沒多久，於是在沒有多少前戲就準備插入，畢竟是第一次採取這種體位，令伊莉絲感到有些緊張。

「嗯……！」

可能是接吻代替前戲的關係，伊莉絲的陰道相當溼潤。大陰脣已完全變厚，陰蒂也腫脹翹起。

上述反應全都被泰德透過鏡子看得一清二楚。

以此姿勢微微起身的伊莉絲，將下半身對準泰德的分身，慢慢地讓它進入體內。

「嗯、呼啊啊啊！」

伊莉絲彷彿期待許久似地發出放蕩的叫聲。好歹已歷經三次的性交，下體是毫無抵抗地任由陰莖入侵。

頃刻間就讓泰德的肉棒全部沒入體內。

泰德將手放在伊莉絲的腰間，忍不住心想。

（伊莉絲的體內果然好舒服……！）

陰道內的肉壁彷彿某種生物般不斷蠕動，間歇性地夾緊泰德的陽具。肉壁上遍布著許多的顆粒物，一摩擦就會給人帶來欲罷不能的快感。

「那、那我直接動囉……？」

伊莉絲扭過頭來，嗲聲地如此問著。

「嗯，妳就坐在我的身上吧……」

伊莉絲遵照泰德的指示，以背對的姿勢往下坐。泰德則將身體移動至床邊靠牆的地方，藉此支撐住兩人的體重。

「這樣就沒問題了……那我動囉。」

「嗯……啊、呼啊啊！」

伊莉絲宛如終於等到這一刻似地開始淫叫。

每當泰德擺動腰部，整張床就會嘎吱作響，並且將兩人的身體往上彈。兩人的汗水和來自陰道的愛液隨著動作四處飛濺，一滴滴地灑落在床單上。

基於體位的緣故，對男性造成的刺激不如正常位和後背位。但可能是龜頭直接頂到最能給伊莉絲帶來快感的位置，沒多久她就開始扭腰擺臀，主動尋求更多的歡愉。

「呼啊啊！這個姿勢……也好棒……！泰德你插得好深入……！啊！啊～啊啊啊啊啊！」

「伊莉絲，妳很舒服嗎？」

「好舒服……！不愧是泰德……！是我最驕傲的愛人……！」

「妳今後也願意呼喚我為自己的愛人嗎……？」

「那當然囉……所以……拜託你用力點……並且撫摸我的胸部……盡可能地摧殘我吧～……！」

「我知道了……！」

「呼啊啊！胸部……好舒服……太棒了……！」

泰德從後側伸手激烈搓揉伊莉絲的胸部。也許是真的非常舒服，伊莉絲將手交疊在泰德的雙手上，渴望得到更多快感般緊緊貼住。

比起第一次搓揉伊莉絲的胸部，泰德莫名有種它好像變得更大又更柔軟的感覺，而且似乎更加敏感，只不過稍微用手指碰一下乳頭，即可感受到伊莉絲的身體立刻跟著痙攣。

「摸乳頭會令妳很有感覺嗎……？」

「是、是啊……！所以拜託你多摸點……！」

「嗯……！」

泰德用手指夾住乳頭，開始揉捏，只見伊莉絲隨之扭動身軀。

「呼啊！乳頭……好有感覺……！再用力點！繼續……！」

於是泰德撫摸胸部的同時動手玩弄乳頭，伊莉絲彷彿體驗到前所未有的快感般大聲淫叫。

「呼啊啊啊！在被泰德抽插的同時，就這麼被撫摸胸部又揉捏乳頭～～！好舒服！太舒服了！」

「那這樣呢？」

「那、那邊也很敏感……真棒……！」

泰德將右手摸向陰部，開始用手指玩弄陰脣，並集中撫摸肉棒與陰道的結合處。

「呼啊！你這樣……太犯規了～……！」

「我能清楚看見妳我結合的部位喔。每當我的×雞抽插，妳的愛液就會化為泡沫噴濺出來。」

「別說出來啦～好羞人喔……！可是……拜託你……繼續插～……！」

泰德不斷撫摸或搓揉伊莉絲的胸部、乳頭、陰部等全身上下各個部位……同時持續做活塞運動。只要泰德一更換接觸的位置，伊莉絲就會淫蕩地扭動身軀，並發出勾魂的叫聲。透過梳妝鏡，伊莉絲的模樣就這麼映入泰德的眼中。

「泰德……我愛你……！」

「伊莉絲……」

伊莉絲扭頭向泰德討吻。泰德也做出回應，將臉湊近吻向伊莉絲。

「嗯、呼！親、親、親……」

泰德大力擺腰，用雙手撫摸伊莉絲的胸部，同時侵犯她的豐脣。這感覺就像是將名為伊莉絲的精靈美少女從頭到腳全都享用一遍。

伊莉絲同樣積極尋求著泰德的嘴脣，並且跟著主動擺腰。伊莉絲的陰道也激烈蠕動，時而夾緊時而放鬆地來回切換。當然這給泰德帶來了無上的快感。

此時，一股強烈的射精衝動襲向泰德的下半身。再這樣下去，不久之後就會射精。

泰德從伊莉絲的嘴脣上退開，向她提議說：

「伊莉絲……可以趁現在換個姿勢嗎……？」

「是可以呀……難道這姿勢無法讓你高潮嗎？」

「不是的……因為這是我們正式交往後的第一次愛愛，我想看著妳的臉高潮……」

「我也一樣想看著你的臉讓你射進來……」

「那妳把身體轉過來……」

泰德用雙手捧住伊莉絲的小蠻腰，準備以順時針的方向協助她轉身。伊莉絲感受到泰德的意圖，於是將雙腳踩在床上，維持插入的姿勢轉動身體。

兩人就這麼保持著結合的狀態，切換成面對面的姿勢，也就是所謂的對面坐位。

「這樣就可以清楚看見妳的臉了。」

「嗯……」

「那就繼續囉……！」

「啊、咿！哪有人馬上……這麼激烈……！」

泰德宛如抱住嬰兒那樣摟住伊莉絲，開始激烈地上下擺腰。每當肉棒往上頂，伊莉絲的身體就會微微往上彈，令床鋪發出劇烈的聲響。

在重複抽插運動一段時間後，泰德感受到龜頭似乎頂到什麼東西。恐怕那就是子宮口吧。這給泰德帶來前所未有的感覺……也許是經過多次性交，令伊莉絲的下體被撐開，才將陰莖引導至如此深入的地方。

「啊、呼！咿！啊啊！泰德你頂得……好裡面……這是什麼感覺!?真是太棒了……！」

「我也能感受到……！自己進到伊莉絲的最深處了……！最愛妳了，伊莉絲……！」

「我也是……！泰德……泰德……泰德……！」

「伊莉絲……伊莉絲……伊莉絲……！」

兩人再度奪去對方的嘴唇。伊莉絲試著用舌頭纏住泰德的舌頭，泰德也宛如展開反擊似地含住她的舌尖。

他們彷彿野獸般激情舌吻……因為身高的關係，伊莉絲是呈現低頭俯視泰德的姿勢，但她遲遲不肯把嘴唇移開。

雙方在舌吻之際也不忘用力擺腰，渴望獲得更多快感。由於姿勢的緣故，伊莉絲的酥胸在泰德的面前上下晃動，火辣的畫面令他情慾高漲。

「唔……伊莉絲，我要射了……！」

「嗯嗯嗯嗯嗯！」

仍吻著伊莉絲的泰德，猛然將肉棒撞向伊莉絲的最深處……下一秒便把精液釋放出來。

伊莉絲連嘴巴都正在遭人侵犯，即使想發出呻吟也辦不到。

「嗯、呼！嗯嗯嗯嗯嗯嗯嗯嗯嗯嗯！」

伊莉絲似乎也在同時達到性高潮，她的陰道隨之痙攣，用力夾緊泰德的肉棒。泰德隔著肌膚能感受到伊莉絲的全身都在顫抖。

直到射精結束之後，泰德才從伊莉絲的嘴脣上退開。

「嗯，噗哈……泰德你也真是的，居然要求如此刺激的體位……難道與我成為情侶就讓你這麼開心嗎？」

伊莉絲維持結合的姿勢抱著泰德，柔情似水地撫摸泰德的頭髮。

「唔、嗯……外加上我剛好學到很多。」

「學到很多？」

「啊、那個，在妳離開座位的期間，半獸人族長指導我許多關於愛愛方面的知識……比如背面坐位是最能令女性滿足的姿勢……」

「原來如此……你真是個人小鬼大的壞東西。」

「耶嘿嘿，抱歉……」

泰德回以苦笑，但內心沒有感到一絲後悔。畢竟拜此所賜，才能夠再次和伊莉絲發生肉體關係，並且加深兩人的羈絆。

伊莉絲也輕笑出聲，與泰德深情對望。兩人之間的距離僅僅只剩下十幾公分。

「不過今天真是個好日子，不僅成功說服半獸人族，我還和你成為情侶……接下來的問題就留待之後再煩惱，眼下只想好好享受這段關係。」

「嗯，我也是這麼認為。」

下個瞬間，伊莉絲的項圈噴出蒸氣，表面也浮現出新的古代文字。

泰德不禁鬆了一口氣。

「太好了……幸好這次也有順利解開部分的詛咒。話說若是正式交往後的愛愛沒能解開詛咒，可是會令人傷透腦筋……」

不過伊莉絲一臉吃驚地望著瀰漫在面前的白煙。

「伊莉絲，妳怎麼了……？」

「那個，這個，我完全忘了這檔事……」

「忘了這檔事是指……？」

「就是解除詛咒一事。」

「啥……？」

「想想你我是為了解開詛咒才愛愛……但我直到剛剛都只是很高興能跟你愛愛，完全忘了詛咒的事情。對不起喔。」

耶嘿——伊莉絲俏皮地吐出舌頭，對泰德嫣然一笑。

泰德見狀後，也跟著笑出來。

「這沒什麼好道歉的。而且這也令我有些安心，原來妳也有這麼脫線的一面呢。」

「你這是什麼話？真沒禮貌。即使我們交往了，雙方的立場依舊沒變，我終究是比你年長的大姊姊，不許你忘記這件事。」

「嗯，這我知道，所以我很喜歡像這樣仰頭跟妳接吻。」

「唉唷，你總愛像這樣轉移話題……不過我也同樣喜歡低著頭和你接吻喔。」

兩人輕輕一吻後，伊莉絲以充滿期待的口吻說：

「不管是戰爭或愛愛，接下來也要好好加油喔，泰德。」

第四章　獎勵是第一次的乳交&肛交

1　開始起義

這天早晨，前艾爾菲納的都市馬薩姆籠罩於濃霧之中。

現在季節已接近冬天，來自附近山林的霧氣徹底覆蓋住馬薩姆。市區內彷彿蒙上一層白紗，能見度最遠不超過幾十公尺。

昔日欣欣向榮的精靈之都馬薩姆，如今大多區域都成了「帝國」的軍工廠，居住在此的精靈們全部淪為奴隸，被迫擠在市區一隅的精靈集中營裡過活。

基於上述原因，城門前就只有寥寥幾名負責維持治安的「帝國」衛兵。

說起這群衛兵，有的是正吞雲吐霧地抽著菸，有的是沒把鎧甲穿戴整齊，以一副散漫的模樣在站崗。

「呼啊啊啊，感覺今天也會是悠閒的一天～……」

其中一名衛兵打了個大哈欠如此低語。

「原本在夏天之前都一直警戒著精靈們會引發叛亂，導致氣氛相當緊張，但他們近來相當順從，完全沒有會掀起叛亂的跡象。」

「你現在是怎樣？之前不是說過若要買女精靈奴隸，想挑個性情乖順點的不是嗎？」

另一名衛兵如此調侃。

「老實說，我一開始是想找個略顯叛逆的精靈啦。假如過於聽話，總覺得很沒挑戰性。」

「怎麼？難道你是看見心高氣傲的精靈露出一臉不甘地幹那檔事時，會感到很爽的那種人嗎？」

「嗯，我是不否認啦。反正精靈已是等著遭滅絕的種族，光是能被我們人類拿來利用，也算是一種幸福……」

不過該名衛兵無法接著把話說下去，原因是他遭人用雙手勒住脖子，喉嚨還被割開了。

在場沒有任何人幫忙解圍，因為其他衛兵也被人用相同的手法殺死了。

一群身穿白色長袍，能夠於濃霧裡神出鬼沒的精靈們，轉瞬間就把這群衛兵屠殺殆盡。

壓制住大門的精靈們，朝向附近建築物的暗處點了個頭。

由泰德和伊莉絲為首的反抗軍成員們就躲在該處。

伊莉絲像是想確認般出聲呼喚。

「泰德？」

「好，那就開始行動。目標是……」

就在這時，市區傳來一陣足以把泰德的聲音掩蓋過去的轟然巨響。

現場沒有人開口詢問發生了什麼事。因為被關在精靈集中營裡的畢安琪等精靈們，響應泰德一行人的起義而引發動亂。

泰德對伊莉絲點了一下頭，扯開嗓門大喊：

「目標是馬薩姆市的精靈集中營！解放被關在那裡的畢安琪等人……也就是被當成奴隸的精靈們！今天是在艾爾菲納各地興兵起義的日子……就用我們的勝利燃起反抗的狼煙吧！」

精靈和人族們接連發出怒吼……由數百人組成的反抗軍一口氣衝進馬薩姆市區展開突擊。

2 勝利

半天後──

泰德位於馬薩姆市中心的市政廳裡。直到半天前仍被統治市區的「帝國」軍人們當成辦公室的該處，如今已是泰德他們這群反抗軍的據點。

反抗軍順利光復馬薩姆市。多虧畢安琪等精靈們的努力，精靈集中營也獲得解放，眾人成功與泰德等人會合。至少馬薩姆市的起義算是告捷。

當然這場戰爭並非至此就告一段落。

「總之，我們現在亟需糧食及醫療物資。」

正式起義後，忙到沒空休息的畢安琪提出意見。

「集中營那邊負責引發動亂的精靈們幾乎都毫髮無傷。理由是『帝國』士兵們已徹底放下戒心。看來我最近吩咐底下的精靈們別露出絲毫反抗的態度，順利產生效果了。」

「問題在於沒有參加起義……不對，是無力參加起義的精靈們對吧？」

泰德有如未卜先知地反問後，畢安琪點頭回應。

「沒錯，因為近來針對市區的糧食配給十分不足，有多名精靈因營養失調而無法行動。根據傳聞，似乎是『帝國』攻打『王國』的戰況趨於劣勢，所以將大多數的物資都挪給前線了。」

泰德點頭回應。原因是他已從「王國」的聯絡人員那裡掌握到這項情報。聽說「王國」順利擋住「帝國」的猛攻。

不過兩件事無法混為一談，泰德立刻繃緊神經回答。

「我們已確認過郊區的糧倉有存放大量的小麥和馬鈴薯。總之不必顧慮後續戰況，需要多少都通通搬出來，盡可能多救一人是一人。」

「收到，真是太感謝您了！」

畢安琪開心地點了點頭，隨即轉身拔腿奔出市政廳。

緊接著女僕索菲拿著數張信紙走向泰德。

「泰德王子，各都市精靈集中營的領導者們利用信鴿捎來消息。」

「嗯，內容如何？」

「……全都順利告捷。儘管有幾處犧牲慘烈，但沒有一處遭到鎮壓。」

「還有哪裡仍在交戰嗎？」

「是有零星幾處，不過他們收到其他集中營起義成功的好消息之後都士氣大振，相信再過不久即可取勝。」

「知道了，謝謝。索菲你們先去幫忙畢安琪，她那邊應該相當缺人手。」

「謹遵您的吩咐。」

索菲優雅地朝泰德行禮後，便轉身離開市政廳。

現場只剩下數名負責輔佐泰德的精靈與人族，另外伊莉絲也跟在一旁。有人在負責統整「帝國」遺留在市政廳裡的資料，有人則是將各地捎來的戰況註記於牆面的地圖上。

「第一階段……姑且算是成功了。」

伊莉絲望著牆上的地圖……也就是戰況圖說出感想。

「只要按照這個步調去解放各都市的集中營……」

接下來的話語無須說出口。當艾爾菲納所有都市的集中營都獲得解放時……表示幾十萬的精靈將重獲自由，各都市的同時起義順利實現精靈族的大規模起義。

當然這一切都多虧泰德等人的安排。在成功拉攏半獸人族之後的一個月裡，泰德他們一直在據點裡生產各種起義用的兵器，並且實現與畢安琪的約定，成功跟各精靈集中營的領導者們取得聯繫，做好起義的準備。

與各領導者的談判都還算順利。原因是他們都同樣擔心就算起義成功，又該如何應對「帝國」軍的反擊。

藉由艾爾菲納全境的大規模起義打斷平亂軍的行動，並派出結盟的半獸人族對抗緊接而來的「帝國」主力軍……泰德構思出來的上述方案，就是消弭眾人疑慮的最佳答案。事實上早已與半獸人族結盟的消息，也替談判帶來不少貢獻。

於是，艾爾菲納境內所有精靈集中營的領導者們都願意聽從泰德等人的指揮……並約好在這天興兵起義。

此計畫可說是非常成功。

接下來的問題是……

「部署於各都市附近的平亂軍，以及『帝國』主力軍會如何行動……」

伊莉絲不安地如此低語後，便向泰德徵求意見。

「泰德，你怎麼看呢……？」

「我相信『帝國』主力軍很快就會採取行動。他們會從『帝國』本土或是攻打『王國』的最前線調派部隊來侵略艾爾菲納，而且任誰都阻止不了。」

「平亂軍呢？就算都是些蝦兵蟹將，人數一多還是非常棘手。」

「他們目前肯定非常混亂，暫時不會有所動作，但在重新振作後，就難保他們會如何行動。因此我打算趁現在擊潰他們幾支部隊。」

「可是就算打倒一、兩支部隊，也無法對整體戰局造成影響吧？」

「此舉可以迫使他們加強防守。一旦明白我軍敢主動出擊，他們勢必會選擇堅守據點。如此一來，直到『帝國』主力軍抵達之前，至少可以讓他們安分點。」

「但我們沒有這樣的餘力吧……」

「我已經安排好了。」

就在這時，市政廳外傳來一陣低沉的地鳴聲。伊莉絲恍然大悟地往門口望去。

只見幾十名半獸人推開大門，大搖大擺地走進市政廳。他們全都滿頭大汗且一身塵土，鎧甲上還有斑斑血跡。

帶頭之人正是半獸人族長，他手裡還抓著幾十頂頭盔……全都是「帝國」製造的頭盔。

族長隨手把大量的頭盔放在桌上，扯開嗓門大聲報告。

「我軍已聽從命令搗毀『帝國』平亂軍的其中一處據點！這就是證據！」

「嗯，謝謝，我軍的損傷呢？」

「有兩名成員受到箭傷，不過這點程度對我們半獸人而言就跟被蚊子叮沒兩樣。主要是敵軍根本沒空在箭上塗毒。」

族長放聲大笑。

「打勝仗還真叫人痛快！我們已許久沒能上場殺敵，現在終於有機會發洩！半獸人果然就是為戰爭而生！對抗大型魔物根本享受不到這種快感！」

族長興奮地舉起滿是肌肉的手臂。其他半獸人也都一臉滿足……不對，是一臉幸福。

「接下來要攻打哪個據點!?那幫傢伙似乎萬萬沒料到會遭受半獸人攻打，一見到我們就全都嚇傻了，若想爭取戰果最好趁現在。」

「嗯，從這裡往西三十公里有個名叫肯德爾的都市，那附近有一處平亂軍的據點，兵力約兩百人左右。就麻煩你們趁著明天黎明之際，發動奇襲搗毀該處。」

「就算不發動奇襲，我們也能打勝仗喔。」

「敵人也不是傻瓜，不會像今天這樣毫無防備，因此才希望你們趁著對手休息時動手。畢竟你們半獸人是對抗『帝國』主力軍的殺手鐧，得盡量避免折損人手。」

「這麼說也有道理！弟兄們聽好啦，今天就先來舉杯慶祝！晚點再打起精神繼續戰鬥！」

半獸人們心情大好地離開了市政廳。

伊莉絲不知是感到傻眼還是放心地呼出一口氣，然後對泰德說：

「原來如此，不愧是泰德。瞧半獸人們也很高興能發揮出真本事，簡直是兩全其美。」

「嗯，不過這場戰爭才剛開始而已。」

這天，沒有一支平亂軍出兵鎮壓起義叛亂的精靈們。

3 躺在美腿上休息

「累、累死我了……」

又過了半天，地點來到精靈族的藏身據點。

與伊莉絲回到寢室的泰德，立刻整個人趴倒在床上。

他的大腦十分疲倦，暫時無法思考任何事情。畢竟他一整天都在構思對策，負責坐鎮指揮這場起義，會出現這種反應也是無可厚非。

「真是的……你怎麼一回到房間裡就變成這樣？」

伊莉絲以五分傻眼和五分捉弄的語氣說：

「白天那位威風凜凜的泰德究竟跑哪去了？姊姊我不禁有些幻滅呢～」

「就算妳這麼說……」

話雖如此，其實伊莉絲並沒有一絲責備泰德的意思，她走到泰德的身邊坐下，拍了拍自己的大腿。

「今天真的辛苦你了。來，這是給你的獎勵，記得你很喜歡躺在我的大腿上吧？」

「妳、妳又把我當成小孩子了……」

泰德害臊地提出反駁，但他實在承受不住伊莉絲那雙美腿的誘惑，於是朝著眼前的大腿爬過去，將後腦杓靠在上面。

伊莉絲的大腿既豐腴又有彈性，同時宛如頂級枕頭般非常柔軟，而且躺起來還暖暖的。

這給泰德帶來一種幸福感，令他精神方面的疲憊得到舒緩。

而且往上望去，不只能看見伊莉絲那張低頭望來的漂亮臉蛋，還可以從正下方觀察她那豐滿的乳房。即使包覆在精靈傳統服飾之中，眼前光景所產生的魄力仍是一言難盡。

像這樣躺在伊莉絲的大腿上，就是能給人帶來兩種不同的享受。

「……伊莉絲的大腿躺起來真舒服。」

「對吧？不過我對自己過粗的大腿有些自卑，因此實在是高興不起來。」

「我認為妳這樣是剛剛好呀……」

「那是從你們男性的角度而言，畢竟女性在意的地方總是比較多。」

「那我就從男性的角度來好好享受妳的大腿。」

語畢，泰德便改成側躺，還用臉頰磨蹭伊莉絲的大腿。此舉能更清楚感受那光滑柔嫩的大腿。就連隨著汗水隱隱飄進鼻腔的體香，同樣讓人無法自拔。

「你的這部分還是一樣像個『小鬼頭』呢……」

伊莉絲彷彿在呵護向自己撒嬌的孩子般，溫柔地撫摸著泰德的頭髮。

「不過……幸好今天的戰事還算順利。」

「嗯。」泰德坦率地表示同意。

直到日落前，精靈族的大規模起義以成功收場，順利光復艾爾菲納絕大多數的都市。由於各地的起義來得又快又猛，因此成功將傷亡壓制至最低。

平亂軍本來是有充足的戰力能應付這種情況，不過意料外的事態打亂他們的陣腳，所以暫時沒有進一步的行動。

原因是這場起義的規模之大，徹底超出他們的預期。外加上半獸人族的襲擊，導致他們比起主動出擊，不得不先專注於防守上。

「今日也只不過是為這場大戰揭開序幕，若是無法擊退緊接而來的『帝國』主力軍，艾爾菲納的起義就算不上是完全成功。」

泰德用臉頰享受著大腿的觸感，繼續把話說下去。

「但要是打贏主力軍的話，將對戰況產生莫大的影響。原因是一度淪為奴隸的精靈們，竟有辦法戰勝『帝國』的主力軍。到時不僅能重挫『帝國』軍的士氣，其他遭占領的區域也很可能會爆發叛亂，迫使『帝國』從前線調回更多兵力，這麼一來……」

「『王國』就能夠戰勝『帝國』，進而揮軍增援艾爾菲納。」

「嗯，屆時即可打贏這場戰爭。就算無法扳倒『帝國』，你們精靈終究能光復艾爾菲納重新建國。」

「……我衷心期盼這個願景當真能實現。」

「只要有我跟妳在這裡，一定可以辦到的。」

泰德將手伸向伊莉絲的臉龐。伊莉絲也跟著稍稍彎腰，把臉頰靠在泰德的手掌上。

「詛咒也解除得相當順利。憑伊莉絲妳現在的能耐，完全可以和『帝國』的本土駐軍抗衡。當然魔法是殺手鐧……在起義如此順利的狀況下，就算當真動用魔法，對方也不太能夠以精靈為人質來迫使妳屈服。」

「我也這麼認為。」

伊莉絲讓泰德撫摸自己的臉頰，露出一個柔和的笑容。

在這一個月裡，伊莉絲與泰德著手準備起義事宜的同時，幾乎每晚都透過性行為來解開詛咒。

自從他們兩情相悅……也就是發展出更進一步的羈絆後，解除詛咒的進度逐漸趨緩，取而代之是兩人變得勇於嘗試各種體位與情境，並未因此停下解咒的步調。

拜此所賜，項圈的表面現在已塞滿了古代文字。

空白部分就只剩下一成左右，等到這裡也填滿古代文字，伊莉絲的詛咒就會完全解開，即可全力施展魔法。

「那、那麼……今天要怎麼辦呢？」

也許是恰好討論到解除詛咒一事，或是被泰德撫摸臉頰而有感覺……伊莉絲十分害羞地詢問著。

「我們在這一個月內幾乎嘗試過所有的體位……也在各種地點做過……」

「比方說戶外或廁所之類的？」

「唉、唉唷，你別說出來嘛！聽了很羞人耶！」

「最令人意外的是妳要我像個小寶寶那樣吸吮妳的乳頭，同時讓妳幫我手淫耶。」

「那是因為……！我在古文書裡看過這種玩法……更何況當時的你看起來比今天更疲倦……那個，才想說還有這種撫慰你的方式……你還不是曾拜託我用頭髮幫你高潮，簡直快嚇死我了！」

「因為妳的頭髮摸起來好柔順，感覺會很舒服嘛。」

「都怪你射得我頭髮上全是精液，事後清理起來可是十分辛苦喔。」

「可是每當我的那裡磨蹭到妳的耳朵時，妳就會發出很性感的呻吟聲，甚至還從嘴裡流出口水……」

「我、我也是莫可奈何呀！誰叫耳朵是精靈的敏感帶，偏偏我那裡又特別敏感……！」

伊莉絲似乎驚覺交談已徹底跑題，於是雙頰泛紅地輕咳一聲。

「總、總之今天也要做吧？姊姊我就以愛人的身分，設法幫你消去所有的疲倦。當然如果可以的話，最好是有助於解開詛咒的方式……」

「我知道了，那就……」

4　獻出所有一切

「這、這樣就可以了嗎……？」

伊莉絲不安地如此詢問。此時泰德坐在床邊，伊莉絲則是一絲不掛地跪在泰德的面前。

確切說來是伊莉絲用她豐滿的酥胸，輕輕夾住泰德那已稍微勃起的陰莖。

「嗯……被妳用胸部完全夾住了。說起妳的胸部是光滑柔嫩又溫暖，這麼做真是舒服呢。」

「雖、雖然我無法體會，但只要能令你滿意就好……」

伊莉絲露出一副半信半疑的樣子，似乎無法理解這種感覺。

「記得這叫做『乳交』……就是以這種姿勢，用胸部去磨蹭你的×雞對吧？」

「嗯，我看過的春宮圖集裡有提到，這是最具代表性的前戲之一。想想我們至今都還沒嘗試過這招。」

「一般來說在用頭髮射精之前，都會想先體驗看看乳交吧？」

「那是因為妳的銀色秀髮過於迷人，更令我好奇嘛……」

「反正對我來說都無所謂啦……」

雖然伊莉絲的神情略顯不滿，卻不斷仔細打量被自己用胸部夾住的陽具，接著像是終於做好覺悟地開口說：

「那、那我開始囉……」

「嗯……」

伊莉絲見泰德點頭同意，便用雙手捧住自己的胸部，開始上下磨蹭泰德的肉棒。

（這、這是……！）

泰德很快就注意到自己對伊莉絲指定的性交方式，究竟代表著何種意義。

伊莉絲的乳交當真是一種極致的享受。由於伊莉絲的乳房本就彈性十足，當她用雙手推擠胸部夾住自己的肉棒時，更是突顯出其彈性，同時緊密地把肉棒包覆其中。感覺有如哪來的果凍，但又能給人帶來恰到好處的溫暖。

遍布於肌膚上的些微汗水，讓胸部看起來白皙有光澤，硬挺的乳頭則呈現粉紅色。似乎因為夾住陽具的緣故，令乳房也變得十分敏感。

伊莉絲專注地用胸部磨蹭泰德的肉棒，只見乳房隨動作不停搖晃且改變形狀。由於這真的太過舒服，肉棒已完全勃起，並隨之產生一股射精衝動。

伊莉絲也狀似慾火焚身地雙頰泛紅。

「舒、舒服嗎……？泰德。」

「嗯……真的是太舒服了……」

「所以光靠我的胸部就能令你興奮嗎？」

「嗯，很希望能永遠持續下去。」

「雖然想永遠持續下去是有點勉強……不過我會努力讓你更舒服的。」

語畢，伊莉絲不光是移動雙手，甚至開始擺腰挪動全身。

「唔……！」

因為胸部以更大的幅度磨蹭陰莖，讓泰德產生兩倍以上的快感。伊莉絲為了在單調的動作裡增添變化，於是錯開左右乳房上下移動的時機。

紅黑色的龜頭在酥胸中間進進出出，而且不知何時分泌的前列腺液已沾滿龜頭周圍，令動作隨之產生溼潤的聲響，給現場帶來極為淫穢的氛圍。

「呼～呼～不愧是伊莉絲……乳交真是太棒了……！」

「嗯……只要能讓你舒服，我也同樣……很開心……！」

「可以摸妳的耳朵嗎？能邊摸妳的耳朵邊乳交嗎……？」

「耳朵……？可、可以呀……拜託你也讓我……更舒服……！」

泰德朝著拚命上下挪動身體的伊莉絲伸出雙手，摸向她那對長耳朵。他先是輕輕撫摸耳垂，接著開始按摩整個耳朵。

「啊嗯嗯嗯嗯！耳朵……好舒服……！我也跟著……興奮起來了！」

伊莉絲扭動著身體繼續乳交，像是為了壓抑心中的慾火而讓動作更激烈。

她用力捧住胸部，主動以乳頭磨蹭泰德的陰莖。一段時間後，更是伸出舌頭開始舔弄龜頭。

「呼啊！這樣磨蹭乳頭……好舒服……！我最喜歡泰德你那根又粗又硬的大×雞了！」

「伊莉絲……！」

「咿嗯！別那麼用力……揉我的耳朵啊～！」

每當伊莉絲被泰德玩弄耳朵，她就會彷彿觸電般全身痙攣，經由乳房給肉棒帶來更多刺激。

眼下情況宛如以雙手和肉棒支配著伊莉絲的全身上下。一想到伊莉絲是比自己年長又美麗的精靈公主，就給泰德帶來前所未有的優越感。

看著伊莉絲被自己玩弄耳朵發出淫亂的叫聲，還用胸部磨蹭完全硬挺的×雞……

強烈的射精慾望已瀕臨極限，於是泰德宛若懇求似地開口說：

「伊、伊莉絲……！我差不多……要射精了……！我能射了嗎……？我可以就這樣噴得妳滿臉都是嗎……？」

「來吧……！將你濃稠的精液全噴在我的臉上……！你放心……！我願意承受你的一切～……！」

「我、我要射了！射了……！」

噴！噴噴噴……噴……噴！

泰德的陰莖接連釋放出白濁液體，把伊莉絲噴得滿臉都是。額頭、臉頰、鼻子及嘴脣都無一倖免，甚至連一部分的頭髮和被泰德玩弄的耳朵也遭到玷汙。

「唔、啊……」

泰德彷彿沉浸於解放感之中般發出呻吟。即便射精結束，他仍下意識地前後擺腰，渴望得到更多的歡愉。

當結束射精之後，只見泰德的精液沾滿伊莉絲的臉龐，並且緩緩地往下流。

如伊莉絲這般的美少女，整張臉都被自己的精液所玷汙……上述想像對泰德的慾火造成更多刺激。

「呼～呼～泰德的精液……好燙喔……」

伊莉絲一臉虛脫地喃喃自語，還用舌頭舔了一口沾在嘴邊的精液。

「精液果然有點苦苦的……不過一想到這也是泰德的一部分，就覺得……挺可口的……」

「抱、抱歉……我居然噴了這麼多……」

「沒關係的，只要我的身體能讓你這麼興奮，我就很高興喔……」

伊莉絲從泰德的身邊退開，拿布擦拭自己的臉跟胸部。泰德也拿另一塊布將沾有精液的陰莖擦乾淨。

不過，泰德的陽具仍未減一絲雄風。理由是看著遭精液玷汙的伊莉絲，他總覺得自己的性慾已徹底失控。

伊莉絲也眼尖地注意到這件事，於是她露出苦笑，嗓音溫柔地說：

「泰德你也真是的，居然還這麼有精神呀……」

「嗯，我還想繼續做……想以更深入的方式來愛妳……」

「那你今天想用何種體位呢……？」

由於這一個月以來幾乎嘗試過所有體位，那就挑個更特別的姿勢……話雖如此，也無法保證這麼做能為解開詛咒一事帶來益處。既然即將與「帝國」的本土駐軍一戰，最好還是盡量幫伊莉絲解開詛咒。

這麼一來……

「……想想是時候可以拜託妳這件事了……」

「哪件事？你有什麼好點子嗎？」

伊莉絲好奇地發問。

泰德略顯愧疚地縮起脖子，像是想進一步探聽般張口說：

「聽我說，伊莉絲……」

「你、你是認真的嗎!?真的……真的要這麼做嗎……!?」

伊莉絲將雙手撐在床上，翹起自己的美臀，對著站在後側的泰德再次確認。

不過伊莉絲有意見的部分，並不是關於自己的姿勢。

「你當真要用我的屁屁洞……做愛嗎……!?」

「唔、嗯……因為日前在結束視察半獸人們的訓練，與他們一起去喝酒時，族長曾對我說『插屁股也很爽喔，插屁股』……」

「現在是怎樣!?你別向半獸人請教肛交的優點啦!!」

「而且還提到一個迷信是『越強勢的女性，菊花就越敏感』。」

「啥!?哪可能有那種事……等等，你自己也說是迷信啊！」

「妳好像很慌張喔，伊莉絲。」

「碰上這種事不慌張才奇怪吧！居然打算用我的屁屁……用我的屁屁來……！」

「可是我們幾乎已嘗試過所有體位，說起最有機會解開詛咒的愛愛方式，就是這個跟……」

泰德並不打算把話說下去，原因是現在對伊莉絲要求那件事當真太殘酷了。

既然當初已約法三章，說好雙方無論發生什麼狀況都不許感情用事，因此得將那件事視為一種禁忌……

「……那個，這個……你這麼說……也沒錯啦……」

泰德能看出伊莉絲想說什麼，以及最終沒說出口的事情。伊莉絲維持著將屁股翹向泰德的姿勢暫時陷入沉思，一段時間後才開口說：

「……好吧。取而代之是就算弄痛我也沒關係，麻煩你別拖太久。」

「……族長講過女性在這種時候，一般都會請求說『別弄痛我』喔……」

「單純是我偏向長痛不如短痛！另外也期待你能好好表現！所以你就一口氣進來吧！」

「唔、嗯……」

這種充滿膽識的態度十分符合伊莉絲的作風……但是一想到個性強勢的精靈公主就這麼撐著四肢趴在床上，等待自己去侵犯她的菊花，泰德就感到一陣興奮。

拜先前的乳交所賜，伊莉絲的陰部已非常溼潤，愛液不斷從陰脣之間湧出，沿著大腿往下流。

若是朝著該處插進去，肯定能立刻得到無比的快感……泰德將上述誘惑拋諸腦後，把陽具對準伊莉絲的肛門。

「那我就如妳所願，一口氣進去囉。」

「唔、嗯……」

事實上之前在性交時，泰德是有將指頭伸進伊莉絲的臀部裡，但那麼做終究是一般性行為的愛撫方式之一，並非為了肛交才那麼做。

但若是錯失這次機會，恐怕就沒有下一次了……在上述焦慮的催促之下，泰德把龜頭插進伊莉絲的屁眼裡。

進入！進入進入進入進入！

「咿！呼唔唔唔唔唔唔唔唔唔唔唔唔唔嗯！」

伊莉絲咬牙強忍痛楚，發出的呻吟近乎悲鳴，想來應該是很痛。

伊莉絲，妳還好嗎——泰德本想開口關切，不過一想到伊莉絲剛剛的請求，他便狠下心來，繼續把陰莖往前頂。

該說不愧是屁眼嗎？陰莖受到的擠壓感完全不是陰道所能比擬，簡直就像是被人用一條繩子給緊緊綁住。直腸內部也跟密穴裡的肉壁截然不同，感覺上只是肉壁本身具有彈性。

但透過腸壁能感覺出伊莉絲溫暖的體溫。而且相較於一般的做愛方式，更能直接感受到伊莉絲的脈動。

經過一番努力，泰德的陰莖終於整根插進伊莉絲的菊花裡。

映入眼中的畫面，便是伊莉絲那不斷顫抖的下半身。

（這就是……肛交……）

這感覺……不知能否算得上舒服。

卻給人帶來……前所未有的成就感。

（我也征服……伊莉絲的屁屁了……）

無論是前面或後面，竟能恣意對待伊莉絲到這種地步，自己或許是第一人也是最後一人。不對，是希望這件事能成真。

「都進來了嗎……？」

伊莉絲回過頭來，怯生生地如此詢問。

「嗯，全都進去了。我們正在用屁屁洞愛愛喔。」

「沒、沒想到居然會跟泰德你做出這種事情……」

「妳會痛嗎？」

「與其說是痛……不如說是很強烈的擠壓感……你就想像有一根棒子插進自己的屁屁裡，應該多少能體會吧？差不多就是那種感覺……」

「嗯……對不起喔。」

「沒關係，是我自己答應你的，所以麻煩你盡快結束囉……」

「我知道了……」

泰德決定先試探一下，於是慢慢移動陽具。

儘管同樣沒讓人覺得特別舒服，可是每當移動陽具，伊莉絲就會發出比往常更洪亮的淫叫，看似從中得到了快感。泰德這才有些明白，為何有一部分的男性會愛上肛交。

「伊莉絲，妳感覺怎樣呢……？」

「嗯嗯……！比、比想像中的好……」

「舒服嗎？」

「我、我不知道！但每當你頂進來，就會出現令子宮一縮的快感……！」

（換句話說，就是很舒服吧……？）

大概是透過腸壁間接對陰道產生刺激，進而讓女性產生歡愉。也就是說，肛交對伊莉絲而言並不是只會令她感到疼痛的玩法。

「那我加速囉……」

「嗯，快來，快……！呼啊啊啊嗯！」

泰德宛如在拍打伊莉絲的翹臀般使勁擺腰。伊莉絲似乎也逐漸習慣肛交，開始主動扭腰擺臀。

人族王子用肉棒貫穿精靈的菊花，甚至從中獲得歡愉，同時也想讓伊莉絲發出更激烈的嬌喘聲。罪惡感和施虐心就此合而為一，令體內的慾火水漲船高，一股射精衝動迅速充滿下半身。

「泰德，你要射了嗎？」

「嗯，快射了……我用妳的屁屁……即將高潮了……！」

「那你就……直接……射進來吧……！就射在姊姊的肚子裡……！」

「可以嗎？妳確定……？」

「來吧……！我這次會……承受住你的一切～……！」

「伊莉絲……！」

泰德繼續加快抽插速度。多虧龜頭在直腸內分泌出前列腺液，以此當作潤滑讓陰莖更容易抽插。

伊莉絲也大幅擺腰，以勾魂的嗓音大喊。

「呼啊！我也要……高潮了……！我居然因為用屁屁做愛……從中得到歡愉……就這麼不知羞恥地……準備高潮了……！」

「伊莉絲！我要……射了……！」

「啊、咿！唔！呼！啊啊啊啊啊啊啊啊啊啊啊啊啊啊啊啊啊啊啊！」

噴射！噴射噴射！噴射射射！

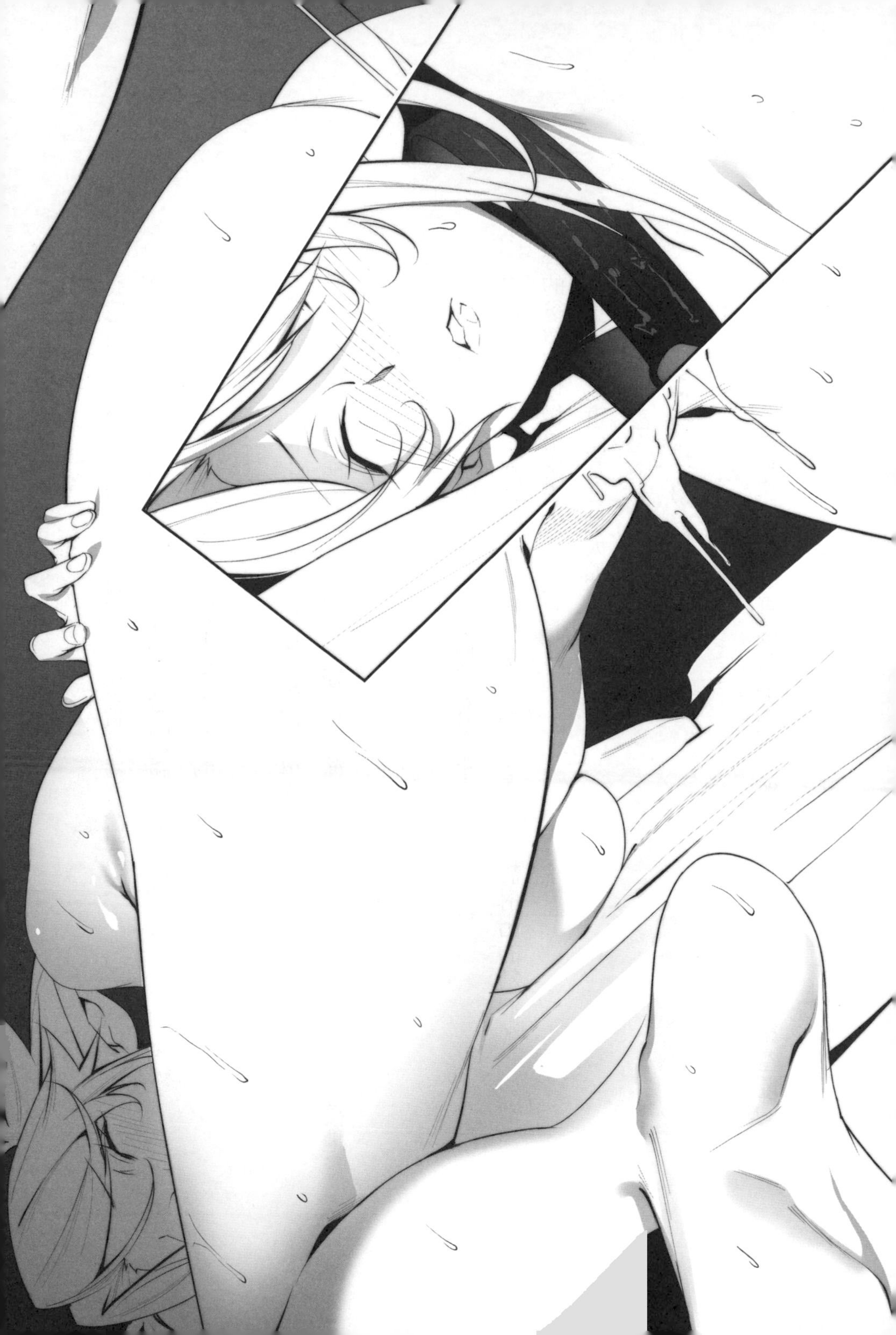

泰德用雙手緊抓住伊莉絲的翹臀，在直腸裡釋放出精液。

伊莉絲似乎也在同一時間達到高潮，她的雙腿不停痙攣，嗓音沙啞說：

「泰、泰德的滾燙精液……不斷射進……我的肚子裡……」

「伊、伊莉絲……」

「我體內的一切……彷彿被泰德你的精液全填滿了……」

原本用來排泄的地方，泰德的體液卻逆向灌了進來，因此令伊莉絲更直接地感覺到射精。

「呼～呼～……」

大口喘息的泰德在回神後，目不轉睛看著兩人結合的部位。

自己的肉棒就這麼撐開伊莉絲的菊花插進去……至於射出的精液，化成泡沫從接合的縫隙間慢慢滲出來。

老實說，這畫面當真是太煽情了。

「泰德……？」

「啊、嗯，那我拔出來囉，伊莉絲……」

「……！」

泰德迅速將陰莖從伊莉絲的直腸裡抽出來。雖然有那麼一瞬間傳來空前的擠壓感，彷彿伊莉絲的菊花不願肉棒離去而在掙扎，不過泰德決定把當初與伊莉絲許下的承諾擺在第一位，於是毫不猶豫地將肉棒拔出來。

「咿、呼啊啊啊啊……」

伊莉絲發出不成聲音的呻吟後，渾身無力地趴倒在床上。

當泰德把陰莖拔出來後，伊莉絲的肛門沒有立即收縮，而是形成一個紅黑色的洞，接著微微發出一陣下流的氣音，逐漸將白濁的精液擠出來。

「伊莉絲，都結束了……」

泰德趴在伊莉絲的背上，像是想安撫般從後頭抱住伊莉絲。

伊莉絲也放鬆地呼出一口氣，輕聲回答說：

「嗯……我們……用屁屁洞愛愛了……」

「老實說我沒想到能和伊莉絲妳這麼做，所以感到特別興奮。」

「我也一樣，完全沒料到會被像你這樣比自己年輕的男生給奪去後面的第一次。」

「妳會反感嗎……？」

「當然沒那回事。其實以各種角度來說，我反倒很慶幸泰德你是我的第一個男人喔……」

伊莉絲把泰德抱住她的手移向胸部，深情地繼續說：

「所以我相信只要跟你在一起……就有機會打贏這場戰爭。」

此時，伊莉絲脖子上的項圈噴出一陣白色蒸氣。

解除詛咒儀式已然成立。

與此同時，項圈表面浮現一排藍色文字……不過泰德和伊莉絲都沒有注意到這件事。

5　被擄走的公主騎士

隔天一早，泰德帶著伊莉絲前往馬薩姆的市政廳，卻發現裡頭亂成一團。

畢安琪、索菲以及包含族長在內的半獸人們，圍著散亂擺放各種資料的桌子正在開會。

「各位，發生什麼事了……？」

「泰德王子，我們收到兩條不太好的消息。」

索菲端正站姿報告。

「首先是來自斥候的聯絡，『帝國』派遣本土駐軍出擊，目前已入侵至前艾爾菲納境內，沿著達基茲路向西前進。」

「……！居然這麼快……」

泰德原以為「帝國」得花費更多時間才會組織好部隊。不愧是「帝國」，對於戰事是相當熟悉。

「敵軍已進入位於該路上的巴斯要塞，應該是想把該處當作平亂的據點。」

「如果他們採取守勢會很棘手。兵力呢？」

「大約有一萬人，總計兩支軍團。」

「兵力是我方的二十倍……雖說都在預料之中，但實際碰上時仍令人備感壓力。」

「問題是敵軍不光只有本土駐軍。」

「此話怎說？」

「我們收到『王國』的聯絡，『帝國』從前線調走的兵力總計同樣是一萬，也就是有兩支軍團正朝著艾爾菲納挺進，預估後天便會抵達。」

「意思是想來個前後夾擊……」

戰況算是相當嚴峻。艾爾菲納反抗軍要是無法於短期內擊敗本土駐軍或遠征軍其中一方，便沒有未來可言。不過想實現這個目標，就必須兵分兩路。

由於「帝國」調派總計四支軍團前來艾爾菲納，表示這場起義在「帝國」眼中是充滿威脅。

敵方調動戰力對「王國」而言是非常有利，眼下只能祈求身在「王國」的父王與皇兄們不會錯失這個良機。

「我個人認為，先解決入侵艾爾菲納的本土駐軍會比較好……」

「我也抱持相同意見。不過我軍目前只有辦法籌出一場戰役所需的糧食和物資。換言之，我軍最多只能應付一場戰役。」

「這件事等之後再想辦法解決。另一則壞消息是什麼？」

「關於率領本土駐軍的指揮官，此人的名字是……」

索菲說出一個泰德也相當熟悉的家族名號。

泰德不禁倒吸一口氣，伊莉絲則是驚呼說：

「等等，這名字不就是……！」

「沒錯，正是於先前戰鬥中俘虜伊莉絲大人，給您戴上『詛咒裝束』欲收為奴隸的『帝國』王子。此次是由他擔任本土駐軍的指揮官，揮師前來艾爾菲納。」

「這確實是個壞消息，至少我聽了心情很壞。」

伊莉絲臭著臉點了個頭……但很快就換上一個充滿自信的笑容。

「可是反過來說，就算此人猜出我有加入反抗軍，但肯定沒料到『詛咒裝束』已逐漸解開。即便詛咒尚未完全解除，現在的我也完全有辦法對抗『帝國』軍……」

下個瞬間……伊莉絲的項圈散發出耀眼的藍光。

「咦？這是怎麼回事……？」

「伊莉絲！妳的背後！」

泰德大聲提醒，理由是伊莉絲的背後出現了一個不曾見過的魔法陣。

魔法陣以伊莉絲的項圈為中心顯現出來，上頭有個看起來十分不祥的圖紋。

「等、咦……呀啊啊！項圈突然縮緊……我變得無法……使用魔法……也快要……不能呼吸……！」

「伊莉絲……!?」

「泰德……救我……！」

伊莉絲神情痛苦地伸出右手。泰德連忙跑向伊莉絲，並朝她伸出自己的手。

下個瞬間，伊莉絲漸漸被魔法陣吸進去。

「泰德～～～～～！」

泰德拚死把右手往前伸，卻只能輕輕搆到伊莉絲的指尖，眼睜睜看著伊莉絲被吸入魔法陣……就這麼不見蹤影。魔法陣也隨之消失。

「伊……莉絲……」

對於眼前的光景，泰德臉色蒼白地愣在原地。

第五章 奪回一切！拯救精靈奴隸之戰

1 決戰地點

隔天——

泰德等人預計將成為決戰地點的巴斯要塞與其周邊的丹寧平原，宛如想印證他們的料想般，有多達一萬名士兵集結於此，並且組成了無數方陣蓄勢待發。

每個方陣皆由多名槍兵和少數弓兵所構成，看起來就像是一座座的要塞。

所有方陣前方都飄著一面繡有龍形圖樣的紅色旗幟。

那正是大陸霸主「帝國」的國旗。

至於這支大軍的對面……則是由人族、精靈以及半獸人組成，僅僅只有數百人的反抗軍，採取相同的方陣與之對峙。

不必多說，泰德就位在反抗軍的中心處。

「……泰德王子。」

隨侍於他身旁的索菲開口說：

「我軍已做好準備，只需您一聲令下即可開戰。」

「嗯，謝謝。」

泰德嗓音平靜地回應，從他臉上完全看不出一絲焦躁。

「當真要這麼做嗎？」

站在泰德前方負責指揮半獸人們的半獸人族長，一臉擔憂地詢問著。

「說起你的伴侶，十之八九……」

「就站在巴斯要塞上看著這場戰爭。不對，是被迫看著這場戰爭。」

泰德語氣堅定地如此斷言。

他表現得沉著冷靜……不過眼中燃起熊熊怒火。

但他沒有將怒意顯露於形，維持一貫的淡然態度說：

「想藉此算計我們的始作俑者，很可能就是給伊莉絲戴上詛咒項圈的敵方指揮官……也就是『帝國』王子本人。為了以防伊莉絲脫逃，他在能封印魔法的該項圈上又附加其他效果……就是詛咒解除到一定程度時，項圈便會將伊莉絲傳送至他的身邊，所以伊莉絲十之八九就在那座要塞裡。」

「居然使出這麼麻煩的陰招。既然擁有這種功能，倒不如讓你的伴侶在著手解除詛咒之際，就直接傳送回自己的身邊不就好了？」

「大概是將伊莉絲傳送回去的招式屬於高端魔法，必須讓伊莉絲的力量恢復到某種程度才有辦法觸發。」

「就算當真達成這個條件，她也已經成了其他男性的女人啊。」

「其實付出這樣的代價，也能換來不少好處……就是只要在伊莉絲的面前殺死與她締結深厚羈絆的該名男子，她肯定會選擇屈服，如此便能在毫髮無傷的情況下得到伊莉絲，而且她的身體也已被開發成容易受人調教的狀態了。」

「換言之，你一如字面所述，被對方當成誘使母馬發情的種馬罷了。」

「這句話原則上並沒有說錯。」

「我能說句心底話嗎？」

「請說。」

「這王子真變態耶。」

「確實是很變態。」

「為了打爆變態王子，你有何對策？」

「變態王子此時應該會跟伊莉絲一起待在巴斯要塞裡欣賞這場戰鬥。儘管得盡早把伊莉絲救出來，但現在還是得先解決眼前的大軍。等到擊潰敵軍之後，再趁亂溜進巴斯要塞。」

「若是拯救行動失敗的話會怎樣？」

「我軍的武器只足夠應付一場戰役，就算在這裡打倒本土駐軍，我們也贏不了明天來犯的遠征軍，唯有救出能使用魔法的伊莉絲才有勝算。」

泰德不自覺地握緊拳頭。

「收到，反正我們對你有信心。」

半獸人族長離去後，索菲立刻來到泰德的身旁。

「您不要緊吧？泰德王子。」

能聽出索菲是真的憂心忡忡，但這句話指的不是戰況，而是泰德的心情。

這讓泰德感到有些放鬆，於是回答說：

「……我不要緊，索菲。老實說我現在是非常憤怒，很想馬上去救出伊莉絲，但我還是有好好克制住衝動。」

「這樣啊。對了，梅法大人當時有對您說什麼嗎……？」

索菲突然提及這位精靈老婆婆。畢竟以結果來說，她算是給了一個錯誤的建議。

以梅法為首的所有非戰鬥人員目前都在精靈族的祕密據點裡待命，並堅信泰德等人能大獲全勝。

泰德回以苦笑說：

「她向我磕頭道歉。不過當時我也認為這麼做是正確的，因此我對她說自己並未放在心上。」

「難道伊莉絲大人有拜託梅法大人傳話給您嗎……？」

「沒那回事。只是我本來就與伊莉絲約好，倘若真有萬一時也不許受私情左右，而這也是我與她相愛的條件。」

「相愛……原來您已和伊莉絲大人發展成這樣的關係呀。」

索菲柔柔一笑，模樣宛如一名看見兒子獲得成長而感到開心的慈母。

泰德點頭肯定。

「伊莉絲也一定堅信我會打勝仗，耐心等待我去迎接她。因此我得冷靜迎接這場挑戰……並且獲得勝利。」

就在這時……於前方嚴陣以待的敵方大軍突然響起號角聲，所有敵兵整齊劃一地向前邁進。

泰德抬起一隻手。

「我們也開始吧……眾人做好射擊準備！」

「收到！弟兄們架弓！準備放箭！」

半獸人族長一聲令下，三百餘名排成一列的半獸人紛紛架起腳邊的武器。

該武器叫做弩砲，尺寸比一般十字弩大上四至五倍。每一枝箭則是跟一名成年男子差不多高。

三百名如鬼神般的戰士，一起架起手中的弩砲。

「目標是敵方先鋒部隊！放箭————！」

三百架弩砲同時發射，只見三百枝巨箭筆直地飛向敵軍。

所有巨箭在轉瞬間貫穿敵方的密集陣形，深深刺入敵方後側的土壤裡。

能看見敵軍的狀態慘不忍睹。

由於直接被威力驚人的弩砲擊中，組成陣形的大多數士兵都被巨箭撕碎身軀，倒臥在血泊中哀號掙扎。也有不少人慘遭斷頭或腰斬，就這麼當場喪命。甚至有巨箭貫穿多名士兵的身體，仍保持相同的速度繼續往前飛。

恐怕有將近五百名的敵兵，在這一瞬間化成屍塊。面對這毀滅性的重創，密集陣形隨即瓦解，士兵們紛紛抱頭鼠竄打算趁亂逃亡。至於負責穩住陣形的指揮官和副官們，不必多說都已經慘死。

「發生什麼事了!?」

「是箭矢!他們居然讓半獸人攜帶攻城用的弩砲!真叫人難以置信!」

「這是哪門子的戰術!?簡直是聞所未聞!!」

敵軍陷入混亂，連帶拖垮行進速度。偏偏無人下令停止前進，導致敵兵們只能硬著頭皮往前走。

「接下來瞄準左翼的先鋒部隊!放箭——!」

三百名半獸人再次用弩砲發射巨箭。伴隨一股劃破大氣的聲響，大量巨箭朝著敵陣飛射而去。

數秒後，同樣的地獄又一次出現在眾人眼前。過了幾十秒又發出第三次射擊，相同的地獄再度重演。

「騎、騎兵隊發動突擊!快去阻止那些半獸人!既然他們手持弩砲，發動近身戰對我方更有利!」

部署於陣形外側的騎兵隊一收到命令就展開突襲。為了盡可能確保此番行動萬無一失，他們是由兩側同時進軍。

重新裝填弩砲的半獸人們無法應付此狀況，取而代之是精靈和人族們架弓應戰。

「集中攻擊騎兵隊!射箭——!」

隊列接連發射一般箭矢，逐一擊倒打算接近的騎兵們。在這波攻勢之下，騎兵隊也兵敗如山倒。

半獸人們心無旁鶩地繼續射擊。每當大量的巨箭貫穿敵陣，就會掀起一場腥風血雨，將大地染成鮮紅色，並在現場留下超過數百具的屍體。

「不、不行啦～～～～！」

「快逃啊！這場仗根本沒有勝算！嗚哇啊啊啊啊啊！」

「帝國」軍至此終於瓦解。承受不住死亡恐懼的士兵們紛紛棄守崗位逃之夭夭，只見方陣逐一分崩離析。

泰德扯開嗓門發號施令。

「半獸人部隊，開始追擊！敵人已經開始逃亡……現在是大好時機！」

「唔喔喔喔喔喔喔喔！」

半獸人們同時放下手中的弩砲，拾起置於腳邊的大劍或巨斧等武器，一口氣展開突擊。

全速奔跑的半獸人比起人族快上好幾倍，轉眼間就逮住遁逃的敵兵們，一如字面讓對手粉身碎骨。半獸人們彷彿想一洩累積至今的怨氣大殺四方，任由敵人的鮮血濺滿全身。

勝負已分，「帝國」本土駐軍徹底潰敗，現在就只剩下巴斯要塞。

「泰德王子，我們呢!?」

為了避免受到半獸人們的突擊波及，待命於泰德附近的索菲領著精靈們跑了過來。

「當然是前往巴斯要塞！伊莉絲肯定就在那裡！族長呢!?」

「來咧！就由我來負責護送你吧！」

語畢，族長一把抱起泰德，並夥同幾名半獸人趕往巴斯要塞。索菲等人則緊追在後。

「伊莉絲，妳可要平安無事啊……！」

2　誓約之吻

「伊莉絲，妳在哪!?伊莉絲……！」

泰德一行人衝進巴斯要塞後，發現此處空無一人。看來位於要塞內的敵兵們在察覺出戰的友軍潰敗之後，就立刻腳底抹油溜了。

一股不祥的預感和焦躁充斥在泰德的腦中。若是身為指揮官的「帝國」王子和敵兵一同逃走，難保不會把伊莉絲強行帶走……

「伊莉絲——！」

「我在這裡，泰德……！」

「伊莉絲……！」

泰德在來到二樓走廊時，帶著人馬搜遍二樓所有的房間後，終於聽見伊莉絲的聲音。

聲音是來自牆壁裡。

「伊莉絲，妳不要緊吧……!?」

「姑且算是不要緊……！可是……」

「密室位在牆壁後面嗎……？族長！」

「交給我吧！哼唔唔唔唔唔！」

半獸人族長以肩膀撞向牆壁，一擊就讓牆壁出現裂痕，磚瓦應聲崩塌。

只見項圈被綁上鐵鍊的伊莉絲就站在那裡。

而且她還穿著一身美麗無比的婚紗。

泰德和族長不禁面面相覷。原因是伊莉絲的服裝與現場格格不入，令兩人當場傻住了。

「……現在是怎樣？你們不是來救我的嗎？」

「那個，這個……就只是覺得對伊莉絲妳一見鍾情的『帝國』王子，當真是一名變態。」

「就、就算你這麼說，也只會令我很頭疼！畢竟我也是受害者！總之快幫我毀了這條鐵鍊！」

「唔、嗯……可以拜託你嗎？族長。」

「知道了。哼唔！」

族長揮動手中的大劍劈向鐵鍊，直接把鐵鍊當場斬碎。

「泰德……！」

「伊莉絲……！」

泰德立刻奔向伊莉絲，整個人抱在她身上。伊莉絲也將泰德緊緊擁於懷中。

「你果真來救我了……！我就知道你一定能辦到……！」

「抱歉，伊莉絲……！我早就料到妳被關在這裡，不過……」

「別說了，這些我都明白，你認為當下必須優先擊敗『帝國』的本土駐軍吧？謝謝你守住和我的約定……也謝謝你救了我的祖國。」

「整件事尚未結束，即使已經擺平本土駐軍，但接下來輪到遠征軍逐漸逼近這裡。我們得趕緊離開這裡，為下一場戰役做準備……」

「這些我都明白，但是……」

伊莉絲欲言又止似地含糊其辭。

泰德朝著半獸人族長看了一眼，族長心領神會地點頭回應，對其他半獸人們大吼說：

「弟兄們！這邊的事情已經搞定了！我們也趕緊加入追擊的行列！這次能清理掉多少敵兵，將會左右這場大戰的局勢。我們上！」

「「「喔喔喔喔！」」」半獸人們放聲大吼後，便快步離開現場。族長則趁著最後對泰德使了個眼色，追在同伴們的身後離去。

現場只剩下泰德和伊莉絲。

野地戰那邊是反抗軍占盡優勢，剩下的交由同伴們去處理也沒問題才對。

泰德百般不捨地從伊莉絲身上退開，接著開口詢問說：

「話說『帝國』的王子……」

「直到剛剛都還在附近監視戰況，但在本土駐軍潰敗後，他就喊著一些莫名其妙的話語逃之夭夭，甚至還把我留在這裡。」

「原則上是可以理解他的心情啦……」

引以為豪的大軍竟在眼前被人那樣屠殺，也難怪身為指揮官的王子會暫時失去理智。

「他最終並未對我做什麼……似乎是打算在這場戰役裡徹底擊敗你之後，藉此迫使我屈服，並對他發誓效忠，甚至還讓我換上這套衣服……想來是這場戰役一結束，他就要強行與我發生關係。」

「這樣啊……」

「其實我在被傳送走後，魔法再度被封住，對眼前的狀況是束手無策……因此我也沒資格取笑他。畢竟以結果來說，我被這條項圈給擺了一道……」

「話雖如此，最重要的終究是結果，總之妳沒事就好……」

泰德下意識地將額頭輕輕靠在伊莉絲的胸口上。伊莉絲似乎也有著相同的心情，任由泰德靠在自己身上，並溫柔地撫摸他的頭髮。

伊莉絲見泰德抬頭望向自己後，她輕輕牽起泰德的手，一臉認真說：

「泰德，我有個請求。」

「請求……？」

「正如我方才所言，拜這條產生變化的詛咒項圈之賜，我現在完全無法使用魔法。意思是這條項圈已控制住我的身體，換言之……」

「倘若該名王子有意的話，妳又會被強行傳送至他的身邊嗎……？」

伊莉絲咬緊下唇，一臉懊惱地點頭以對。

「因為那名王子暫時失去理智，還沒有想那麼多。一旦等他冷靜下來，絕對會想再度把我奪走。只要詛咒項圈還在我身上，就無法解開其效力，意思是……」

「我們必須完全解開詛咒是嗎？不過項圈已產生變化……」

「放心，王子親口對我說過，當詛咒完全解除之後，隨時都可以拆下項圈。」

「那我們就馬上來解開詛咒嗎？但我懷疑最後一個解除條件是……」

伊莉絲神情凝重地點頭回應。

「……十之八九是……不對，絕對是要我懷孕。締結深厚羈絆的兩個人在發生關係後，最終就是懷上對方的孩子……」

「伊莉絲……」

「當然我並非礙於現實才這麼提議，而是相信泰德你能帶給我幸福才做出這個決定。」

伊莉絲以雙手捧住泰德的右手。

「雖然我起先覺得你是個不擅長劍術，總是需要人照顧的不成材小弟弟，但你在不知不覺間已長大成人，為了艾爾菲納和我挺身而戰……我是真的非常感謝你，因此……」

伊莉絲含情脈脈地與泰德對視，緩緩張口說：

「希望你能成為與我共度今後人生的唯一伴侶，就算精靈族跟人族的壽命相差很多，我還是……」

這段誓言的意思是即便泰德死後，伊莉絲也願意永遠愛著他。

無須多言，泰德的答覆早就已經決定好了。

「……嗯，我也同樣想娶伊莉絲，除了妳以外誰都不要。只要有妳陪在我的身邊，我就一定能成為出色的大人。」

「一旦跟我結婚，如果接下來的戰況都很順利，你有可能得背負起復興艾爾菲納的重責大任，即使這樣你還要……」

「對我來說是求之不得，因為這裡是妳的故鄉，我願意把這片土地當成自己的第二個故鄉。為了實現這件事，今後我也會繼續奮戰下去。」

「……謝謝你，泰德。」

伊莉絲喜極而泣，點了點頭繼續說：

「泰德・高地……本人伊莉絲・柯涅堡・艾爾菲納在此發誓，願意將你視為夫君……」

泰德也緩緩接近伊莉絲……互相交換誓約之吻。

3　入洞房

因為地點的關係，能挑選的體位相當有限。

「這、這樣可以嗎……？」

伊莉絲不安地確認著。

泰德此次指定的姿勢，就是俗稱的『後背站立體位』。

畢竟兩人位於要塞內，再加上伊莉絲身穿純白色的婚紗，也就只有這個體位最為適合了。

因此伊莉絲雙腳著地，被迫擺出翹起美臀的撩人姿勢。

老實說這動作令她非常害羞。

「嗯……那我插進去囉……？」

「插進來……？我還穿著內褲喔？」

「我會把它撥開的。妳難得換上一整套結婚禮服，弄髒了總是挺可惜的，而且如果可以的話，我想和穿著婚紗的妳愛愛。」

「穿婚紗愛愛……真有這麼吸引人嗎……？」

「嗯，我相信這是多數男性的夢想。至少『帝國』的王子也以行動表示贊同了。」

「你們男人還真是莫名其妙耶……」

「因為換上婚紗看起來相當清純的女孩子，在愛愛時卻放蕩得毫無矜持，這樣的反差特別吸引人啊……」

「你這個小傻瓜～……」

伊莉絲嬌滴滴地輕聲罵了一句，可是與這句話恰恰相反，她宛如在勾引泰德般翹起自己的豐臀。

穿著一身婚紗的伊莉絲，反而別有一番『情趣』。

（這、這還真是……）

儘管泰德很想好好欣賞一番，但他想起必須抓緊時間，於是用手指稍稍撥開伊莉絲的內褲。

伊莉絲的花苞早已溼透，兩片粉紅色的花瓣正微微地蠕動著，彷彿百般渴望泰德的分身能趕緊進來。看來經過先前的那一吻，伊莉絲的身體已經做好準備了。

泰德的陰莖也已完全勃起。

於是他把龜頭抵在撥開內褲後所露出的密穴口。

腫脹的龜頭才剛插入，密穴那溫熱溼潤的觸感立刻襲向泰德。

插入，插入入入入入入！

「呼啊啊啊啊！泰德你的……果然……好大……！」

伊莉絲感動地放聲大叫。

「我就是……想要這個……！果然泰德你……最棒了……！」

「很高興能聽妳這麼說……不過我們也才分開一天多而已吧？」

「因為……我好怕那個王子對我亂來……！所以我……只想待在你的身邊……！」

「伊莉絲……」

「總之我不要緊，你趕快動吧……畢竟時間有限，我也想趕緊跟你愛愛……」

「我知道了。」

泰德點頭回應後，便開始活塞運動。

他起先有些擔心伊莉絲的身體狀況而慢慢動，但隨著時間經過，再也無法違逆自身慾火與待在伊莉絲體內所產生的快感，於是逐漸加快速度。

伊莉絲一開始也含蓄地配合泰德的動作，不過當泰德加快速度後，她彷彿已期待這刻許久般開始扭腰擺臀，渴望藉此讓下體得到更多刺激。

噗滋！噗滋！噗滋！噗滋……！

「啊！啊！咿！啊啊啊啊！」

伊莉絲性慾高漲地發出淫叫，完全不在意這裡是友軍進攻的目標敵方大本營……也就是說泰德的同伴們有可能就在附近。又或許是她雖在意，但身體完全不受控制。

「這體位……也好棒……！舒服到我雙腿發軟……光是站穩身子就很費力……而且也像是你用大×雞在幫我撐住身體……！」

「我、我也一樣……！感覺上就像是我用×雞撐住妳的身體……！外加上妳現在是一身婚紗打扮……！」

「吶，穿上婚紗的我漂亮嗎……？」

「嗯，非常漂亮喔……！」

「即使我變得這麼淫亂嗎？像我這樣為了更仔細感受你的大×雞，不惜主動扭腰擺臀的精靈大姊姊還是很漂亮嗎……!?」

「當然還是很漂亮啊！我甚至想現在就舉辦正式的婚禮……！」

「我、我也是……！若是能成為你的新娘子，對我來說就是無上的幸福了……！」

「我一定會娶妳！絕對會讓妳得到幸福……！所以……我保證會令妳懷孕的！」

「嗯……！嗯……！」

伊莉絲輕聲哽咽的同時不停點頭。

泰德抓著伊莉絲的雙手，擺出像是握住轠繩的動作持續擺腰。

「啊啊啊嗯嗯！別那麼粗魯嘛……！不過……我好像也喜歡這樣的你……!!」

「總覺得妳前後兩個要求互相牴觸耶……！」

「意思是你繼續維持這樣就好……！繼續……繼續再用力點……！」

每當肉棒頂向伊莉絲的陰部深處，就會發出一陣淫潤的聲響，愛液也隨之四濺，在婚紗上留下無數的水漬。現場瀰漫著一股與婚紗格格不入，男女交歡時特有的濃郁氣味。

泰德見伊莉絲被自己以雙手半固定住身體後決定換個花招，像是想撐開密穴般開始用肉棒畫圓。

「泰、泰德……!?不可以用那麼下流的方式擺腰啦～……！」

泰德對伊莉絲的抗議充耳不聞，這次改以陰莖頭畫出弧線的方式，不斷貫穿陰道深處。

「咿咿咿！那邊也……不行～……！可是這樣……好舒服……！」

泰德這次稍微壓低重心，朝著伊莉絲的最深處做活塞運動。該處也是伊莉絲最容易產生快感的位置。

面對泰德絕妙的擺腰技巧，比他年長的精靈公主騎士露出淫蕩的表情大聲叫春。

「啊！咿！呼！咿咿咿！好舒服……！泰德……泰德～……！」

大口喘息的泰德鬆開伊莉絲的雙手，接著一把抓住她的翹臀，並讓陽具不斷重複抽插動作。

有那麼一瞬間，泰德打算插入伊莉絲的菊花……但考量到時間不足，也只能先克制點。

取而代之，泰德決定盡情享受現在的性交方式，並且專注讓伊莉絲獲得最徹底的歡愉。理由是他覺得只要令伊莉絲的性慾更加高漲，就越有機會讓她懷上孩子……

每當泰德往前擺腰，伊莉絲那包覆於內褲裡的豐臀就會被自己撞得啪啪作響，給兩人帶來難以言喻的快感。

只見擁有銀色秀髮的伊莉絲已是披頭散髮，藏於婚紗內的巨乳隨著動作不停搖晃。

「啊！呼！咿！泰德～……」

在泰德擺腰所產生的啪啪聲中，伊莉絲毫無形象地流下口水，並從嘴裡擠出聲音說：

「拜託你～……也揉揉我的胸部……！」

「那、那麼做的話，妳這身美麗的婚紗裝扮會……」

沒錯，泰德直到現在都並未對伊莉絲那迷人的胸部下手。原因是想搓揉伊莉絲的胸部，就得解開她身上的婚紗……進而破壞她此刻所展現的淫亂美。至少這不合泰德的胃口。

可是伊莉絲扭頭露出慾求不滿的表情，並握著泰德的右手移向自己的胸部。

「無、無妨！因為真正的我……更加淫亂～……！而且只要你愛著我……我就很幸福了～……！」

「伊莉絲……！」

泰德強行剝下婚紗的胸罩部位，開始搓揉從中露出的柔軟之物。

「啊、咿！呼啊啊！被人揉胸部……真棒～……！」

泰德起先沿著胸部的輪廓輕輕愛撫，隨著時間過去逐漸加大力道，開始激烈地揉捏乳房。

「伊莉絲的胸部好豐滿……我很喜歡……」

「唔、嗯……！我也很高興你能喜歡……！」

「那這樣呢……？」

泰德一把捏住伊莉絲的兩個乳頭，只見她承受不住地全身抽搐。

「咿咿咿嗯！不要捏……我的乳頭嘛～……！啊、啊！呼啊啊！」

面對如潮水般襲來的快感，伊莉絲似乎再也站不穩雙腿，就這麼把雙手撐在地面，整個人像是一條母狗般跪趴在地。

泰德依然毫不留情地激烈擺腰，繼續把肉棒頂向伊莉絲。

像個新娘子般身穿婚紗的精靈，此刻竟形同母狗似地遭人侵犯……泰德不由得冒出這種反常的想法。

並無從抵抗地任由射精衝動大幅上升。

「伊莉絲……！我差不多要射了……！」

「儘管射吧……！就這麼直接……射在裡面……！讓身為精靈公主的我……懷孕吧～……！」

「伊莉絲……！」

「啊！不可以咬耳朵～～！」

在徹底失控的獸慾驅使之下，重複活塞運動的泰德輕輕咬住伊莉絲的耳朵。

射精衝動已瀕臨極限，於是泰德抓住伊莉絲的雙手固定住她的身體，一口氣做最後衝刺。

「伊莉絲！我要射了……要射了……！看我射出大量的濃稠精液，就這麼直接讓妳懷孕……！」

「呼啊啊！我也一樣……一樣要高潮……啊啊啊啊啊啊啊！」

射精！射精射精射精……射精！

泰德的龜頭間歇地噴出精液。伊莉絲也發出尖叫，和泰德一起達到高潮。

每當播種的液體噴進密穴之中，伊莉絲的翹臀就會跟著痙攣。

「呼～呼～……」

由於姿勢的關係，伊莉絲無法直接放鬆身體癱倒在地，因此維持跪趴的動作大口喘息。她似乎深刻體會到高潮時所帶來的歡愉，神情顯得相當幸福。

泰德也沉浸在射精後的解放感和快感之中，經過一小段時間才終於回神，向伊莉絲詢問說：

「伊莉絲，很抱歉在這種時候打擾妳，妳身上的項圈有變化嗎……？」

「嗯……我看看喔……」

伊莉絲和泰德注視著項圈。

兩人就這麼維持結合的姿勢等待幾十秒後，依然沒有發生任何事。

泰德神情複雜地說出結論。

「……看來是失敗了，不過……」

「嗯……」

泰德明白情況迫在眉睫，也知道這並非能單純享受魚水之歡的性交。

不過想繼續和伊莉絲交合，想繼續與她纏綿，想締結更深入的羈絆……以及想盡情做愛的衝動，就這麼無法克制地湧上心頭。拜此所賜，理當已結束射精的分身再度充血，沒有一絲委靡的跡象。

伊莉絲也抱有相同的心情。

她任由泰德的陽具插在體內，為了求歡而憐愛地扭動小蠻腰，露出既疲憊又充滿幸福感的表情嫣然一笑。

「那就麻煩你跟姊姊我繼續加油囉……」

在這之後，泰德與伊莉絲不斷更換姿勢翻雲覆雨。

過程中自然有盡可能避免弄髒婚紗。

歷經不知多少次的性交，泰德正以騎乘位的姿勢在侵犯伊莉絲。

「啊！啊！啊啊啊！」

伊莉絲以背對的姿勢坐在躺於地面的泰德身上，邊淫叫邊擺腰地誘使泰德射精。她掀起婚紗的裙子扭腰擺臀，將結合的部位暴露在泰德面前。

因為騎乘位是伊莉絲和泰德在初體驗時使用的姿勢，所以令兩人印象深刻，同時也讓他們備感興奮，促使動作更加激烈。

噗滋！噗滋！噗滋！噗滋！噗滋……！

每當兩人的結合處摩擦，就會發出下流的聲響。伊莉絲也注意到這點，像是想給泰德欣賞般大幅度地扭動腰部。

伊莉絲的密穴先是完全含住泰德的肉棒，緊接著又讓龜頭從中露出來。只要她一抬起身體，沾滿精液和愛液的陰莖就會隨之出現，並在泰德的下腹部與伊莉絲的大腿之間牽出一條條黏稠的銀絲。

大概是拜此所賜，泰德的陰莖直到現在仍是一柱擎天，完全看不出已歷經無數次的射精，難以想像他還只是一名十幾歲的少年。

不過泰德自知體力已瀕臨極限，而且恐怕沒剩下多少時間，或許這將是最後一次機會。

可是……應該說正因為這樣，他才會更加貪婪地去占有伊莉絲的身體。

「啊啊啊啊！像這樣上上下下摩擦泰德的大×雞……！騎乘位果然好舒服……！」

「伊莉絲妳發出這樣的叫聲主動擺腰……真的是太騷了……！」

「我這麼做還不是為了讓你更興奮……為了讓你更舒服嘛……！」

「能娶到像妳這樣的妻子，我真是太幸福了……！」

「我也一樣……！所以這次……這次一定會成功的……！」

兩人不顧一切地擺腰。考量到雙方的體力，這將是最後一次機會，所以他們都在心中暗自發誓……這次說什麼都要成功受孕。

「我、我要射了！」

「啊、呼！啊！呼啊啊啊啊！」

伊莉絲將體重全壓在泰德身上，為了讓精液注入自己的最深處而停下動作。

她那純情的表現著實惹人憐愛，同時也非常性感。臉上則寫著達到高潮時的歡愉，以及密穴被灼熱精液灌滿的快感。

泰德的精子對準子宮口不斷注入進去。

「啊、啊～……」

伊莉絲至此再也堅持不住，累癱在泰德的胸口上。看來她的體力也達到極限了。

泰德輕輕摟住伊莉絲，目不轉睛注視著她脖子上的項圈。

下個瞬間……

「伊、伊莉絲……！」

「怎麼了……？啊、啊啊啊!?」

項圈終於噴出蒸氣，表面僅存的餘白部分也隨即填滿藍色文字。

有那麼一瞬間，泰德回想起伊莉絲被強行傳送走的事情而感到一陣心驚……不過此次並沒有出現那種情況，反倒是項圈還在噴發蒸氣的時候，竟然應聲裂成兩半，從伊莉絲的脖子上落下。

這究竟意味著什麼，老實說已無須多言。

經過方才的射精，泰德的精子向著伊莉絲的子宮深處游去，最終順利讓卵子完成受精。

換言之，孕育新生命的種子已在伊莉絲的體內……進而助她解開詛咒。

兩人之間那既深厚又火熱的羈絆，終於成功戰勝『詛咒裝束』。

伊莉絲的魔法之力再也不會受制於詛咒，可以全力施展魔法了。

這件事能實現怎樣的未來……對此刻的他們來說是再清楚不過。

泰德與伊莉絲就這麼默默望著斷成兩半的項圈。因為他們已經非常疲憊，重點是這一幕著實令人過於感動，導致兩人完全不知道該說些什麼。

「解開了……」

「解開了呢……」

結束這段沒有多少意義的交談後，泰德才終於明白這不是一場夢。

這下子就可以打贏戰爭，自己能讓伊莉絲獲得幸福，艾爾菲納也會因此獲救。

儘管目前一切都還說不準……泰德卻莫名肯定上述理想都能夠實現。

只要和至今患難與共的伊莉絲在一起，泰德堅信任何逆境都難不倒自己。

伊莉絲似乎也抱持相同的心情，感動得哭成了淚人兒，同時對泰德說：

「太好了……真的是太好了……這麼一來，祖國就有救了嗎……？」

「嗯，順帶一提，妳我從現在起便為人父母，畢竟妳的肚子裡已有我們的孩子了……」

「這我知道……在實際懷孕之後，一股超乎我想像的喜悅突然湧上心頭……我準備要當媽媽了……」

伊莉絲用手指拭去臉上的眼淚，但終究止不住淚水，於是化成點點淚珠落在泰德的臉上。

泰德並沒有把淚擦掉，而是維持肉體相連的狀態撐起上半身，接著捧住伊莉絲的臉頰與自己對視，嗓音柔和地說：

「辛苦妳了，伊莉絲……」

「這是我該對你說的……謝謝，真的很謝謝你……」

「伊莉絲……妳願意永遠當我的姊姊，當我的愛人，當我的妻子嗎？」

「那你也願意永遠當我的弟弟，當我的愛人，當我的夫君嗎……？」

「我當然願意。」

「我當然也願意。」

兩人唇瓣交疊所產生的溼潤聲響，輕輕地傳遍整個房間。

4　伊莉絲的魔法

兩天後的一大清早。

前艾爾菲納領土通往西方的貝爾格雷特路上擠滿大量兵馬。

那是從攻打「王國」轉調至艾爾菲納的「帝國」遠征軍，總計由兩支軍團組成，大約有一萬人。

全體將士都穿戴著「帝國」軍的鎧甲和頭盔，象徵「帝國」的紅龍旗幟於風中飄揚。

可是相較於一身精良的裝備，士兵們的表情都黯淡無光，腳步也十分沉重。原因是他們已聽說本土駐軍於兩天前的野地戰遭反抗軍重挫。

因此士兵們擔心會重蹈覆轍。這股恐懼不斷侵蝕著他們的內心。

以結論而言，他們完全料錯了。

「那是什麼……？」

兩支軍團的領頭士兵們像是目睹某種詭異的光景般提醒說：

「喂，前方有一名手持長劍的精靈。」

「難道她想單挑我們這麼多人嗎？」

「大概是被當成奴隸操過頭，腦子壞掉了吧。」

「這是個好機會，我們就把她抓起來好好蹂躪一番！」

「到時再以她為人質，也許能逼迫敵軍放棄抵抗！」

士兵們紛紛發出下流的笑聲。即使反抗軍令他們心生畏懼，但對於精靈的蔑視可是絲毫未減。

不過站在遠處與大軍對峙的該名精靈，臉上卻露出與現場氣氛格格不入的瀟灑笑容，接著猛然把劍舉向天際……然後用力地往下一揮。

伴隨一陣清脆的金屬碰撞聲，長劍就這麼刺進土裡。

剎那間，精靈前方的地面一如字面所述地產生巨浪……大地隨之粉碎。

經過一陣天搖地動，地表化成深褐色的大規模雪崩襲向「帝國」軍。

「怎麼回事!?」

「是魔法！那個精靈竟然會使用魔法！」

「也就是說……！」

數秒後，這股天崩地裂把行進於貝爾格雷特路上的「帝國」大軍徹底淹沒，有人當場被吹飛至天際，有人則是直接被土石活埋。

這幅光景完全只能以毀滅性的災難來形容。

等衝擊波終於消退之後，該名精靈宛如擺平一件差事般呼了一口氣，並將手扠在腰上。

接著扭頭望向從後方逐漸接近的少年，一臉不滿地低聲抱怨。

「因為太久沒有全力施展魔法，果然地崩術的威力也跟著下降了。其實這招原本的破壞力應當比剛才高出兩倍……我似乎得再發動十次左右，才有辦法找回當初的手感。」

「……不過多虧有妳，來犯的遠征軍已全軍覆沒，而這應該也是『帝國』軍最後一次敢如此鬆懈地行軍吧……」

「反正勝利就是勝利，我們就這樣不斷打勝仗，設法盡早光復艾爾菲納吧。只要有我的魔法……還有泰德你的聰明才智，絕對可以辦到的。」

該名精靈與人族少年……伊莉絲和泰德深情對視，眼中則是充滿信賴。

「今後也請你多多指教囉，泰德。」

「……嗯，我也是，伊莉絲。」

最終章 王子今後也想保護公主騎士

1 典禮

艾爾菲納首都・艾爾菲納被「帝國」占領後，實際上已淪為「帝國」的軍事據點。整個市區都受到「帝國」軍人的掌控，代表精靈的一切皆消失殆盡。化為軍事據點的艾爾菲納不再像過去那樣光鮮亮麗，城市裡只剩下被士兵們蹂躪後的斷垣殘壁。以艾爾菲納城為首的各種古蹟也隨之荒廢。

不過上述內容都已是過去式。

在「王國」於大戰中擊潰「帝國」經歷一個月後的今日，艾爾菲納彷彿重拾昔日的繁榮般熱鬧非凡。儘管重建市區還有很長的路要走，但眾人似乎抱著至少先改善一處的心情，能看見爭奇鬥豔的花朵將主要大道裝飾得美輪美奐，放眼望去盡是精靈們所經營的攤販。

位於主要大道盡頭的艾爾菲納城，精確說來是該城的聖堂裡，正在舉辦一場典禮。

「接下來開始王位繼承大典。」

在供奉精靈族信仰的大地之神……放有一尊神像的祭壇上，身穿綠色法袍的精靈巫女如此宣布。

周圍能看見許多的精靈、人族以及半獸人，大家彷彿受到這股莊嚴的氣氛所影響，皆默默地望向祭壇。此刻還能看見一對身穿艾爾菲納王室傳統正裝的男女也站在人群中，根據打扮應該曾在艾爾菲納城裡有過相當崇高的地位。

至於該名巫女的前方，站著一位人族少年和精靈少女。

「伊莉絲・柯涅堡・艾爾菲納。」

「是！」

精靈少女……伊莉絲精神飽滿地回應，然後沿著通往祭壇的階梯往上走向巫女。她這時所穿的精靈傳統戰鬥服，與昔日某場大戰裡的那套一模一樣。

巫女點了點頭，緩緩地張嘴說：

「您是否願意以艾爾菲納的公主之姿發誓，為這個國家和國民犧牲奉獻，替名為精靈的種族帶來繁榮？」

「我願意。」

「泰德・高地。」

「是！」

先前站在伊莉絲身旁的泰德，在發出不輸伊莉絲的洪亮回應後，也跟著走上階梯。相較於與「帝國」交戰的那個時候，他稍微長高了一點，嗓音也變得更加成熟。

巫女再度點頭，向泰德提問說：

「您是否願意以艾爾菲納女王的養子之姿，盡心輔佐義姊伊莉絲・柯涅堡・艾爾菲納，替名為精靈的種族帶來繁榮？」

「我願意。」

「那麼，請在眾人面前戴上繼承王位的證明。」

「是。」

巫女將放有一枚戒指的銀盤往前遞，伊莉絲用右手拿起戒指，配戴在左手的中指上。這枚戒指是艾爾菲納王室自古留存下來的傳家寶，相傳是艾爾菲納王室於另一個大陸蓬勃發展之際，為了做為紀念而保存至今。

這是一枚在銀色戒環上鑲有一顆鈷藍色礦石的戒指。即使很明顯並非採用多麼昂貴的材質打造而成，但在長年珍惜地使用之下，莫名散發出一股高貴的氛圍。

伊莉絲與泰德同時轉身面對群眾。與此同時，伊莉絲將戴在中指上的戒指展示於眾人面前。

伊莉絲先是和泰德對視一眼，露出一個打從心底感到十分滿足的笑容後，維持一貫的風采大聲宣誓。

「本人伊莉絲・柯涅堡・艾爾菲納在此發誓，艾爾菲納今後將在我的統治之下重拾昔日榮耀！」

聖堂內響起如雷的掌聲與歡呼聲，並瀰漫著一股喜悅之情……

2　入夜後的陽臺上

「真是折騰人呢。終於可以休息一下了……」

當晚，於艾爾菲納城一隅的陽臺上——

伊莉絲依然穿著王位繼承大典上的那套戰鬥服，她直接坐在陽臺的扶手上，像是感到非常疲倦地呼出一口氣。

由於從城內往外看，兩人所處的地點恰好位於死角，因此無須擔心被人看見。

受邀參加慶典的女僕索菲、身為精靈的畢安琪跟梅法，以及半獸人族長等賓客們，此時應該都還在享用美酒和佳餚，不分彼此地開心聊天。

「像這種只是追求形式的典禮真叫人受不了，好希望能省略這個步驟直接繼位。」

「明明妳也很清楚這是不可能的嘛。」

泰德在伊莉絲的身旁坐下後，回以一個苦笑如此說著。

「因為艾爾菲納終於得以重建，為了讓民眾安心，無論如何都需要一場能當成契機的大型活動。」

「這麼說是沒錯啦。」

「要是沒這麼做的話，將會愧對主動退位的岳父大人和岳母大人。而且幸好他們願意接受我們的關係。」

「……這句話也很有道理。畢竟爸媽能平安歸來，我真的很高興。」

伊莉絲露出率真的笑容回應著。

泰德注視著伊莉絲，不禁回想起這三個月來發生的大小事情。

在戰勝「帝國」的本土駐軍和遠征軍之後，艾爾菲納的戰況就產生了劇烈的變化。

首先是「王國」軍擊敗進犯國土的「帝國」軍，甚至一舉反攻至「帝國」境內。原因是遠征軍的補給因艾爾菲納的起義遭受毀滅性的重創，而且部分遠征軍又被調去應對反抗軍，導致戰力大幅削弱。

因此留有餘力的「王國」軍也派兵前往艾爾菲納，打倒位於各地的平亂軍，從而與泰德等人所在的反抗軍聯手。在「王國」軍和反抗軍築起的共同戰線之下，接連光復艾爾菲納剩下仍受到「帝國」統治的城鎮與村莊。

在「王國」展開反擊的一個月後，「帝國」勢力便全面撤出艾爾菲納國土。

在這之後，「帝國」欲投入大半的戰力反攻艾爾菲納，卻因為伊莉絲的魔法和半獸人、精靈以及人族合作產生的新戰術而再次受阻，並且受到「王國」軍來自側面的反擊導致戰線徹底瓦解，迫使兵敗如山倒的「帝國」軍全數撤回本土。在這場撤退之中，歐克蘭德也在反抗軍的幫助下順利光復。

戰爭的走向至此已成定局，「帝國」決定與「王國」議和，「王國」則是選擇了接受。

以「王國」的立場是能向「帝國」索取鉅額的賠償，但為了避免引來「帝國」過多的仇恨，所以這部分有所節制，取而代之是要求對方將俘虜的「王國」人民和受到奴役的精靈們全數送回，「帝國」最終接受了條件。

與此同時，「帝國」也放棄繼續統治歐克蘭德。儘管當地幾乎已無半獸人生還，在帝國撤退之後，該處成了一片無人居住的大地。不過活下來的半獸人們執意返回故土，決定努力繁衍子嗣重振一族的榮耀。

在結束戰爭一個月後的今天，伊莉絲成為艾爾菲納的新女王，向世人宣告會致力復興艾爾菲納的誓言。主要原因自然是伊莉絲的雙親堅持退位，想以此為過去的敗仗負責。

儘管雙親遭囚禁於「帝國」本土很長一段時間，但在經過此次的議和後，被平安送回艾爾菲納。

在伊莉絲的請求之下，雙親將泰德收為養子，從此成為伊莉絲的義弟，並賦予他輔佐伊莉絲治理朝政的職務。

當然伊莉絲是在想清楚兩人關係的情況下，才決定提出這個請求。

「……意思是泰德你要繼續當我的義弟，同時也是我未來的夫君。但以立場來說，唯獨身為精靈的我才有資格統治艾爾菲納，沒辦法讓你成為國王。」

「這也是莫可奈何啊，畢竟艾爾菲納是屬於精靈的國家，就算我已放棄『王國』的國籍，也沒有期望成為這裡的國王。」

「吶，『王國』那邊當真願意全面保障艾爾菲納的獨立嗎？」

「父王已向我保證，只要艾爾菲納願意珍惜與『王國』之間的邦交即可。」

泰德為了安撫伊莉絲，嗓音溫柔地解釋說：

「即便已與『帝國』達成和解，卻難保對方何時會翻臉不認人，因此友邦總是越多越好。我相信父王同意讓我加入艾爾菲納王室，就是希望能和艾爾菲納維持良好邦交的正向回應。」

「那真是太好了，畢竟我並不希望與『王國』交惡，令你立場尷尬。」

「妳放心，我絕不會讓這種事情發生的。更何況……天底下有哪個祖父母不疼孫子的。」

「唉唷，這種時候在瞎說什麼嘛……」

伊莉絲害臊地雙頰泛紅，同時摸了摸自己的肚子。

她現在已有三個月的身孕，儘管基本上是看不出來，但她的肚皮已稍稍隆起。

伊莉絲懷了泰德的孩子一事，在艾爾菲納是人盡皆知。就連泰德成為伊莉絲的義弟，國民們也相當清楚其中的含意。

只要再過上半年，伊莉絲就會產下孩子成為人母，泰德也會跟著當爸爸了。

不過結婚的消息是隻字未提，兩人決定等到政局穩定一點之後再做打算。泰德眼下首要的目標，就是以義弟之姿得到精靈們的認同。

為了即將到來的新生命，兩人必須重建艾爾菲納，讓和平能永遠維持下去。

「……你要摸摸看嗎？雖然還感受不出裡面有個小寶寶啦……」

「嗯……」

伊莉絲解開纏腰布，露出自己的下腹部。泰德見狀後，輕柔地撫摸該處。

笑容中洋溢著幸福的伊莉絲輕聲說：

「沒想到我竟然懷了泰德你的孩子……」

「聽妳這麼說，難道是有不滿嗎？」

「我把這句話奉還給你。但在開戰當初，我萬萬沒想到會出現這種情況。因為當時你在我心中是個喜歡撒嬌的小鬼頭，更是個事事需要人幫忙的小弟弟，現在卻成為一位這麼出色的男子漢。」

「這一切都是為了幫助妳。其實是因為我得知需要幫忙的人是妳，才有辦法這麼努力喔。」

「也就是說，我們會在一起也是必然的結果囉？」

「或許吧。畢竟我一直喜歡著妳，直到現在都不曾改變過。能遇見伊莉絲，我當真感到非常幸福，所以我絕對會守住這份幸福的。」

「……我想自己就是被你的這部分深深吸引吧。真是的，在你面前我總是沒辦法順利守住身為姊姊的尊嚴。」

「……那妳要不要現在也暫時失守一下呢？」

「現、現在……？」

「想想最近一直很忙，都沒機會做那檔事，想說趁此機會來為今天的大事留下更多回憶。另外……」

「另外？」

「……我現在就想占有妳。」

「……你這個小傻瓜。」

話雖如此，伊莉絲卻毫不猶豫地將臉湊近泰德……泰德也挺直身子望向伊莉絲，深情地吻向彼此。

3　堅定的羈絆

「嗯、呼！親、親、親、親、嗯呼……」

泰德默默地與伊莉絲舌吻。

因為許久沒再做過這檔事的關係，伊莉絲一反自己說過的話，表現得特別積極。明明伊莉絲是低頭的一方，她卻宛如一隻討食的雛鳥，不斷向泰德索吻。

兩人激情擁吻，讓雙方的唾液混在一起，任由舌頭彼此交纏。

泰德與伊莉絲的嘴邊自然而然沾滿口水，但他們完全不以為意。

泰德在親吻的同時，輕輕撫摸伊莉絲露出的下腹部。伊莉絲也跟著擺腰，渴望得到更多愛撫。

「……嗯！親、親……噗哈！泰德你摸我的肚子摸過頭了啦……這樣會嚇到小寶寶的。」

「因為妳的動作很像是想要給我摸啊……」

「這個小寶寶是你我愛的結晶，才會希望你確認一下嘛……」

「……儘管這麼問完全是馬後炮，在此狀態下愛愛當真沒問題嗎？」

「嗯，原則上無法過於激烈，只要輕輕來就可以。」

「那就這麼辦吧。話說妳的肌膚總是如此光滑柔嫩，摸起來真舒服。」

「你這麼稱讚我也沒有好處喔。而且聽說女性在懷孕期間，膚質好像會變差。」

「這點小事無所謂啦。」

語畢，泰德將手伸向身穿傳統服飾的伊莉絲，溫柔地解開她上半身的衣服後，豐滿的乳房彷彿從中彈出來般展現於眼前。

大概是懷孕的影響，伊莉絲的胸部似乎比之前更有分量。乳暈也隨之變大，進而提升其存在感。明明伊莉絲尚未被完全勾起慾火，乳頭卻已充血變硬。

「聽說太刺激會導致子宮收縮，所以你記得要克制點喔。」

「那這邊也小力點……」

泰德伸出舌頭，用舌尖輕舔伊莉絲的乳頭。

「嗯……呼……！總覺得有點癢，又好像挺有感覺……！」

伊莉絲用右手摀著嘴巴，承受著隨之而來的刺激。每當舌頭舔到乳頭，伊莉絲的身體就會開始抽搐，乳房也跟著微微顫抖。

以舌尖輕柔地愛撫一段時間後，泰德仰望著伊莉絲說：

「妳還好吧……？伊莉絲。」

「唔、嗯……可能是懷孕的關係，身、身體變得相當敏感……光、光是這樣就覺得……好舒服……！」

「那麼，這邊呢……？」

「咿咿咿咿咿嗯！耳、耳朵……!?」

泰德趁著伊莉絲不注意的時候，伸手撫摸她的右耳。以人族來說，愛撫耳朵並不會對懷孕產生影響，不過耳朵對精靈族來說是敏感帶，與胸部一樣要是被人玩弄過頭的話，恐怕會對體內的胎兒造成負擔。

話雖如此，這招似乎效力過強，只見伊莉絲猛然抬頭，伸著舌頭發出淫亂的叫聲。

「啊、咿！啊、同時被人玩弄胸部……跟耳朵……真、真的太舒服了……！我會有……感覺的……！」

「想要我繼續摸嗎？」

「嗯……但是不行～！我得忍住才行……！卻又讓人欲罷不能！」

伊莉絲彷彿求救似地伸手摸向泰德的下半身。

儘管現場一片昏暗，伊莉絲還是很快就發現泰德身體上的變化。

「泰德你也真是的，居然已經這麼有精神了……」

「看著懷有身孕的妳，我不知為何感到有些興奮……」

「你怎麼又多出了這種獨特的癖好呀……」

「因為懷孕的妳同樣很美啊。」

「你在胡說什麼嘛……但我還是很高興……」

伊莉絲抱住泰德，兩人就這麼緊緊相擁地繼續接吻。由於身高的關係，泰德能邊親吻邊讓酥胸夾住自己的臉，帶給他無與倫比的舒適感。

「伊莉絲，可以維持這個姿勢來愛愛嗎？」

「意思是就這麼站著來嗎？」

「嗯，想說這姿勢可以減少對妳腹部的負擔，我也能在愛愛期間隨時確認肚中胎兒的狀況……至於身高的不足，我踩在扶手旁的石階上應該就可以了。」

「我、我知道了。」

兩人以面對面的姿勢讓身體緊貼在一起。伊莉絲撥開自己的內褲後，抬起左腳跨在泰德的右手上。

「這、這樣嗎……？總覺得挺令人害臊的……」

「嗯，那我插進去囉……？」

龜頭一接觸到密穴口的瞬間，就微微發出一陣溼潤的聲響。看來經過方才的前戲，伊莉絲的陰部已經溼透了。

泰德把腰往前一頂，陰莖便擠開陰脣沒入其中。

「啊！嗯嗯嗯嗯嗯嗯！」

伊莉絲用手摀著嘴巴，以免自己發出叫聲，就這麼承受著隨之而來的快感。這副模樣真是惹人憐愛。

沒過多久，泰德就讓陽具入侵至伊莉絲的最深處。

大概是太久沒性交的緣故，伊莉絲的密穴變得很緊，就這麼用力夾住泰德的肉棒。不過內部的肉壁非常溼潤，反而比以前更舒服。

「泰德，你全都進來了嗎……？」

「嗯……伊莉絲的裡面果然最棒……真的是太舒服了……」

「瞧你說得煞有其事……明明你又沒接觸過其他女性……」

「那我可以去嘗試看看嗎？」

「不、不行！你只准看著我，只准感受我一個人！要不然我……」

「嗯，我也同樣只想要伊莉絲妳一個人……那我動囉。」

「嗯，來吧……儘管用我的身體得到歡愉吧～……！」

泰德在伊莉絲的催促下開始擺腰，但考量到肚子裡還有個胎兒，因此他盡可能提醒自己要溫柔點。

噗滋，噗滋，噗滋……每當泰德前後擺腰，氾濫於陰道裡被攪拌的愛液就會發出下流的聲響。因為放慢抽插動作的關係，令這股聲音持續得更久，反倒讓人備感煽情。

隨著泰德擺腰的動作，伊莉絲的酥胸如果凍般大幅度地上下晃動著。拜放慢步調所賜，泰德能比以往更清楚觀察這對充滿彈性的胸部，光是這樣看著就令人情慾高漲。

「嗯、啊、呼、嗯……這樣的速度……莫名會讓人上癮耶……！」

「激烈的愛愛是很棒，但這種方式也很不錯……」

「嗯……泰德，最愛你了……！」

伊莉絲彎下腰來向泰德索吻。互相交纏的舌頭，化成銀絲的唾液，以上種種是唯獨站立式體位才有辦法享受到的。

一想到能以如此羞人的姿勢侵犯著身高與年紀都在自己之上的精靈公主，泰德感受到性慾和射精衝動都突然大幅上升，於是他反射性地加快抽插速度。

伊莉絲也配合地不停擺腰，在貪婪索吻的同時，持續下半身的交合。

「啊嗯！啊、咿！泰德……!?」

「伊莉絲，我差不多要射了……我想射精在妳的身體裡……！」

「來吧……射吧……！你儘管在已經懷孕的精靈姊姊肚子裡射出來吧……！為了能射得更多，你就用力插進來吧……！」

大概是伊莉絲的慾火也被勾起，措辭上是百無禁忌。

於是泰德一改原來的方式，開始激烈地用力往前頂。

「呼啊！這樣……真棒！我好喜歡～～！」

伊莉絲用雙手環抱住泰德的脖子，維持金雞獨立的姿勢扭腰擺臀。

「泰德的大×雞……又粗又硬……！就是這樣！就是這樣～～～～！」

「我也很喜歡跟妳愛愛……！最愛妳了……！」

「我也愛你！最愛你了……！拜託你今後也要愛著我，愛著我們的寶寶，愛著艾爾菲納……！並且保護這一切喔……！」

「我絕對會愛妳所說的一切！保護妳珍視的一切！不管要我奮戰多少次，我都一定會引發奇蹟的！」

「謝謝你……真的很謝謝你願意這麼說！泰德……！啊！啊啊啊啊啊啊啊啊！」

「我要射了……！」

射精！射精射精……！

泰德一鼓作氣朝著伊莉絲的體內射精。能感受到噴灑出來的灼熱黏液，逐漸填滿伊莉絲那被自己分身貫穿的密穴。

「好、好燙……！不過這真的好舒服……！能懷上你的小寶寶，體內又被你的精子灌滿……我真是太幸福了……」

伊莉絲維持著與泰德肉體相連的姿勢，十分憐愛地一把抱住泰德。

在接下來的幾分鐘裡，兩人依然保持交合的狀態擁抱著彼此。

沁涼的夜風吹過滾燙的肉體，著實讓人渾身舒暢。

「妳不要緊吧……？伊莉絲。」

「……嗯，小寶寶應該也平安無事。」

伊莉絲疼愛地摸著自己的下腹部。

泰德鬆了一口氣之後，神情認真地看向伊莉絲的臉龐說：

「伊莉絲，等妳平安產下孩子，國內局勢也逐漸穩定，大約在孩子已學會走路的時候……我想正式向妳提親，並邀請所有家人一同來慶祝。」

面對所愛之人出乎意料的告白，伊莉絲感動得熱淚盈眶，語帶哽咽地呼喚對方的名字。

「泰德……」

「雖然我是人族，伊莉絲妳是精靈，而且還是我的義姊……但我會努力爭取全國民眾的認同，好好重建這個國家，讓所有精靈都得到幸福，幸福到足以抹去這場戰爭所留下的傷痕……」

「……嗯，我也願意以義姊的身分，以愛人的身分，以妻子的身分相信你，相信我們在這場戰爭中孕育出來的深厚羈絆……」

伊莉絲緊緊握住泰德的一隻手，溫柔地吻向他。

國家圖書館出版品預行編目資料

精靈奴隸救國戰爭 王子想守護公主騎士 / 內田弘樹作 ；
御門幻流譯 . -- 1 版 . -- 臺北市 ：城邦文化事業股份有限公司尖端出版 ：英屬蓋曼群島商家庭傳媒股份有限公司城邦分公司發行 , 2022.05
面 ；　公分
譯自 ：**奴隷エルフ救国戦争　王子は姫騎士を守りたい**
ISBN 978-626-316-810-7（平裝）

861.57　　111004038

浮文字

精靈奴隸救國戰爭　王子想守護公主騎士

（原名：奴隷エルフ救国戦争　王子は姫騎士を守りたい）

著　者／內田弘樹
繪　者／ななお
譯　者／御門幻流
執行長／陳君平
美術總監／沙雲佩
國際版權／黃令歡、梁名儀
榮譽發行人／黃鎮隆
美術編輯／陳又荻
內文排版／謝青秀
協　理／洪琇菁
執行編輯／曾鈺淳
總編輯／呂尚燁
企劃宣傳／楊玉如、施語宸、洪國瑋
出　版／城邦文化事業股份有限公司 尖端出版
台北市中山區民生東路二段一四一號十樓
電話：（〇二）二五〇〇－七六〇〇
傳真：（〇二）二五〇〇－二六八三
E-mail: 7novels@mail2.spp.com.tw
發　行／英屬蓋曼群島商家庭傳媒股份有限公司城邦分公司　尖端出版
台北市中山區民生東路二段一四一號十樓
電話：（〇二）二五〇〇－七六〇〇（代表號）
傳真：（〇二）二五〇〇－一九七九
中彰投以北經銷／楨彥有限公司（含宜花東）
電話：（〇二）八九一九－三三六九
傳真：（〇二）八九一四－五五二四
雲嘉以南／智豐圖書有限公司
（嘉義公司）電話：（〇五）二三三－三八五二
傳真：（〇五）二三三－三八六三
（高雄公司）電話：（〇七）三七三－〇〇七九
傳真：（〇七）三七三－〇〇八七
香港經銷／一代匯集
香港九龍旺角塘尾道六十四號龍駒企業大廈十樓B&D室
電話：（八五二）二七八三－八一〇二
傳真：（八五二）二七八二－一五二九
新馬經銷／城邦（馬新）出版集團 Cite (M) Sdn. Bhd.
E-mail: cite@cite.com.my
法律顧問／王子文律師　元禾法律事務所
台北市羅斯福路三段三十七號十五樓
二〇二二年五月一版一刷

■中文版■

購注意事項：
受劃撥單資料：帳號：50003021戶名：英屬蓋曼群島商家庭傳
公司城邦分公司。2.通信欄內註明訂購書名與冊數。3.劃撥金
00元，請加附掛號郵資50元。如劃撥日起 10～14日，仍未
請洽劃撥組。劃撥專線TEL：(03)312-4212 ・ FAX：
1。E-mail：marketing@spp.com.tw